edition suhrkamp 2392

Wie sieht das Innenleben von Gedichten aus, dem die Erzählung schon *verfahrensweise* fehlt? Genauer: wie verschweigt ein Text, *wovon* er handelt (aber nicht *womit*)? Zwischen dem »Ich« eines inneren (fast inerten) Monologs und dem, was »Achilles« schon im Namen schildert (*Ich* und *Alles* miteinander), führen und verzwirnen Wortfiguren (wie: *ein Leben leben*, *das Spiel spielen*, *Tode sterben*) zum stummen Gespräch. Dieses reicht von verliebt gesponnenen Schnüren bis zum Erzählgarn und auch *Funeral* ineinander verzopfter Denk-Vorgänge: Beziehungslinien, deren Worte, »wie Blumen« (in Wörtlichkeit von *Ligatur*) einander berühren und liieren, sich schneiden, überlagern und wiederhin verlieren – wie die Linien einer Hand. Das Buch ist *eins*, wenn man es von vorne bis hinten *und* von hinten nach vorn gelesen hat: als Fügung auf der ganzen Linie, ohne *Ende* und *Wendung* (Wörtlichkeit von *Prosa* als direkte wie distrikte Rede), in monodischen Einzeilern, die sich »vorschlängeln« (Wörtlichkeit von *Proserpina*) *und* »erstrecken« im arealen Areal der Poesie der Prosa der Poesie usw. – *Überhaupt geht das Wortlose in einem guten Gedicht umher wie die in Homers Schlachten nur von wenigen gesehenen Götter* (Klopstock).

Oswald Egger, geboren 1963 in Lana, Südtirol, lebt in Wien und Hombroich. Im Suhrkamp Verlag erschienen »Herde der Rede« (1999) (Clemens-Brentano- und Mondseer-Lyrikpreis) und »Nichts, das ist« (2001), das von der Stiftung Buchkunst zu einem der schönsten Bücher des Jahres 2001 gekürt wurde. 2003 war Oswald Egger Gastprofessor für Poetik an der *Cornell University*, Ithaca, NY, und erhielt 2004 den Karl-Sczuka-Förderpreis für Hörspiel als Radiokunst des SWR. Die Texte hierzu sind in diesem Band enthalten. Ebenso das Gedicht »Hänggärten«, für welches er 2002 den Lyrikpreis Meran erhielt.

# Oswald Egger
# Prosa, Proserpina, Prosa

Suhrkamp

Die Arbeit an diesem Buch wurde vom Deutschen Literaturfonds e.V. gefördert.

edition suhrkamp 2392
Originalausgabe 2004

Erstausgabe

Satz, Konzept: Oswald Egger, Nina Knapitsch
Lektorat: Charlotte Brombach
Druck: Nomos Verlagsgesellschaft Baden-Baden
Umschlag, gestaltet nach einem Konzept
von Willy Fleckhaus: Rolf Staudt
Printed in Germany
ISBN 3-518-12392-0

1 2 3 4 5 6 – 09 08 07 06 05 04

*What song the Syrens sang, or what name Achilles assumed when he did himself among women, though puzzling questions, are not beyond all conjecture.*
Thomas Browne, Urn Burial & The Garden of Cyrus

## HOMOLOGIE DER VORGÄNGE (ITINERAR)

Ich und Achilles

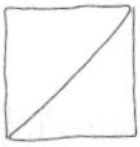

Fügung auf der ganzen Linie, ohne Ende
und Wendungen

Skamanderm Tag

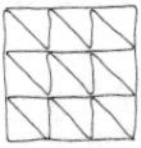

Sich aus Nichts etwas machen

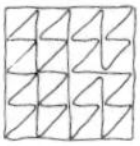

Stumm

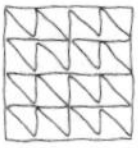

Skamanderm Hag

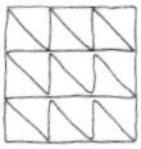

Nichts tun

Zeit werden

Was geht hier vor – mir?

Ich meine, was geht hier vor – vor mir – mir vor?

Kann ich mir von unmöglichen Dingen eine Vorstellung machen?
Ununterredend – auch?
Wie etwas vor sich geht und nicht vorkommt?
Um Wort für Wort (wie Achilles und mich) im Stillen zu versilben,
so völlig, daß ich schweige?

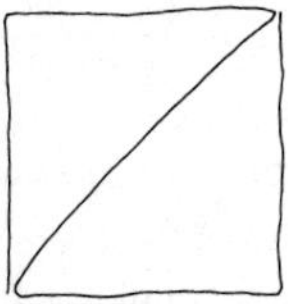

*J'ai ouï-dire*

Trisel-Fog-Monate, kein Wasser (t'sickt im Griel).

Pfaue, die pfauchen Eppichblätter, Logspiegel.

Zechbrache Spelzblätter zu Kittfalz Plauderten.

Fälltzel harter Regen und wir, Wett-Würfel, sprangen.

Fieseln, diese Hülsen genies'zen wir in Tränkrinnen.

Zu Kilte gingen die Hängerten verunsucht.

Der Juni war sehr kalt: es giebelte Tünd'ch und Hand.

Füllte, ich will Frost: daß es Vorsommern spant (knackt).

Erst Elzherd von Schmelz erkeltertes Ventosen.

Mit Nüssen nach der Grube hieben sich, Schürgeln.

Hell-Zauken bersten Bäume Urnen in Blume.

Und Emmern Efeu erloschen in Haslaschen.

Uchtblumen unter den Grummeltoren h'Lodern.

Wohin ginge ich, wenn ich gehen können werde, was täte ich, wo ich in der Tat war, wozu redete ich, wenn ich Achilles Stimme hätte, wer spricht so und nennt mich – *ich*? Ach, das waren Fügungen und *Limes*, den Integral verwendet *und* gedreht zu haben, wo das bloße Leben genügte, das mich führt. Ginge, was mir vorgeht, dem voraus?
Und – wenn die Mutter der Erde die Tochter der Rede ist?

*Ranauat*

Rauchgrau wachsen die Stämme auf, lackglatt, als Unbuntsäule pfahl.

Ein Baum offen wie sooft, unweit übersetzte Male und Grat, einsaum.

Krippgrate mittig verschieben sich zu Reih-um ineinander, ein Gitter.

Aus Senkrechtschatten, und untief weiter noch, lückenlos versäumte.

Scherfrinnsel laubblau um Wuhnen, die trunken, Eßfarne und *coulisse.*

Grauphimmel, um Nadelhauben Flutwald Staken diese Birkdicht-Triebe.

Niedriger als Gras (und länger als ihr Tag), Trotzglocken, Kulmholm.

Wo Winter grünt in Rinden, erschien Fennmoor in Flamme und Lahr.

Und Schaftaugen, diese schlaffen, blasken Rißwunden der Tanzbirke.

Warum soll Mohn in meinen Anger nicht kommen und übermodern?

Schummerungen, gnirrte Scherkhölzer, mit Erbsknospen-roten Trollen.

Zigschmalt Färberschwämme Rispe, die unstreu glommen Sonnfahnen.

Ob ich ein Stummwort zuoft versagte, Wegrosen, zu von vorn.

*Cruczeln* Purpur brache Wildlap Hacht der Knickblumen Ingelteer.

Bläuhe Stupfhüfft in Rüsternamen Wick-Wiebken, Suckeln Pfingstens.

Und Hombeere Schlehen heueten um Webdorne Bleik-Wasserrosen.

In den stapfen, Sandgracht-schächten Bundschuhen und Bastgirlanden.

Merchtaucher, die gefiederten *plonchcurs*, Ploke an den Werfstpfählen.

Eßpappeln, den Ruchwiegen Lichtseiden hiefen Klappros-Dotterblumen.

Eßknäueln, die Torptfeuer Wirbel-Trossen Breschwasser und Aschen.

Der Löß ist warm, trocken, Eicheln und Buchnüsse liegen und Samen.

Sandrohr diese Mehlfäßchen Hagebutten, und die Heidnarben Dorne.

*Trompe-l'œil*, und kleegelb Sebenbäume, Krapp-Präparate Färbsalben.

Und Messingbutten Ulmruß in Prunkumber Krugbeeren zink-*Pünktchen.*

Es sind Kosblumen, die ich war, Wasser, das um hundert Inseln quoll.

Das Schwallbe, Eschland, Balke Quader unter Wiepk-Zinnen Häge.

Miësrosen vom Sommerzelt, zwischen Windfüßen Regen, Dorn-Böen.

Lehmen gleich, die sich vermengen, einregnen und aufs Jahr vergrasen.

Pflücken Hirte Anneken, die Hacheln, Schlafapfel-Kloten *plateau*-Blüten.

Mirandeln, die ich ging, in Runden, zu Sonnhunden um den Horizont.

Grellt der Huntische, Rennendblumen Hissen Berl-bresche Ohrglocken.

Rotmänner knorrnen Heulaug Vierheb-schlingen aus Stoffagen.

Krasse Flüster-Quaste, Buzigeldinger Mehl-klett, grünschwarze Violette.

Wolkenstriche Chrallen Tschipkern unter Glühfarnen Kübelbüschen.

Als Träuschel tun, diese Einscheffel oft, Töltschritte inerter *nature morte.*

Brinkhügel und vorüber, Närrchen, diese Welksäbel hag der Akazien.

Wie kann ich, uneinscheinend gehen, in Mondschritten Licht-Scharen.

Diese Trespen Weinrebblätter, Korinth-Augen, die vielleicht Schlafenden.

Ich trüge *alles miteinander*, Blumen unter Tage (die pflückte ich), sag.

Wasser, das rieselte, wie untot läutet das Geschirr in Schalwannen.

Marteln, die Holzloch-Howode-*rosacaeen* Irrwälder-Lusbutten Wegrosen.

Mulden und Schwärmfruchtfäden der Mottenblütler und Scheindolden.

Florgräser-Trespen und die Faltwespen Grabkandelbeere, was Vögel lesen.

Gib mir Douceur, den Kelterwein, und Stumm-Silben den Tumult.

Wir wollen uns betrinken, wie die Tollen, und nachts nicht schlafen.

Dost-Moose Pfroseln Kranach in *noir*-Hagern, Beißkitzen fast Kleidorn.

In den Tanz-Schatten der Zypressen, Urnkrume Kerzäcker und Kränze.

Und Klett-schwalbe Blattwälder bergen die, edle Leere, stillen Leben.

## *Skamanderm Tag*

Wie kann ich mir aus nichts etwas machen?
Und wie erst konnte Achilles sich aus nichts etwas machen!, wenn er in seinem Anger war. Was ging ihm vor? Und wer ging – vor mir – vor ihm? (Nach wie vor: Nicht ich bin in meinem Element, Achilles ist irgendwie in allen – aber nur allenthalb).
Erreicht das Gedicht, wohin es reicht?

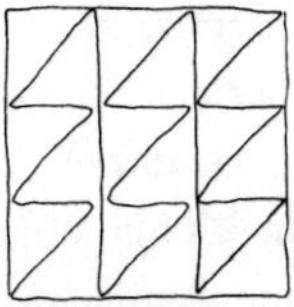

*Hänggärten*

Früh – nicht für mich – umbern und umenden ihre Nachtschattentage.
Malven, die Spiegelmelde emporpochen Nußwolkflocken Bergnarden.
Melissen grüßen dich, Nepeta, Nesselsalbei munden bald ums Jahr.
Ich trinke Birkenwein im Neubruchfeld der Muskateller, unter Mispeln.
Kompstobst in den Zummen schwimmten, Glut-Morellen, Blattknollen.
Verheiß die Unterschieds-Himmel zwischen Egarten, den Schneelinien.
Niebernzwirl zumeist in Maserungen Notstockloden grüner Zweige.
Merlen, durch Merkeppich gemogelte, Nivose und Masholderballen.
Die Lichtbirke blüht, Wirrsel, die im Unschlaf Wolken sind und Fog.
Wie Pfoten, und Frostnüsse klamm-Muren-glut nigeln diese-die Nisseln.
Und in Mandelfarben Spaltholz nichtverkluvte, morsche Winteresche n.
Durchziehen Schlummer ihre Markstrahl-Nestelsträhnen im Harzkranz.

Diese Spielvogelbeeren hat der Föhntau apern leergefegt seit Tagen.

Triefen Wolken in Escarpen: alle Felder sind verhüllt, ich trockne Obst.

Eschariten im Winterholz-Oleander und Levkojen am Okerdachziegel.

Sparrengräser troffen um Oltbäume Lieschknospen und Schraglatten.

Die Antennen richte ich am Gauben nach dem Licht, Kerbloch-Winkel.

In den Himmel, Lackrisse, um diese Spaltapfeltage kürzer, Lerchen.

Die Erdwall Oderlengmenninge verschiedener Lavendel (auch Haber).

Abstufungen von Spierlingsbäumen der Äscherblauen Frühübertriebe.

Zwischen uns steht *olantgarn*, Erdmoose, und was flog, Sprießelblüten.

Kermes und Sperberdorne unverzäunter Ufer (wo das Wasser stillt).

Führe Lätt auf die Äcker und auf die Matten, Malgen, wer Luchtheu will.

Scharlachen unter Diptam-Spalmen, Ölkürbisse und Molke sind vertan.

Komm, auf Lenzglastwiesen, Unhornbecher, Phloxknospen pflücken.

Täler, die erhöht werden, Bergkofel und Kornellen, ebern Kranewitten.

Auf Stoppeln Hopfschoppen die Unglumen hülsen, was in sich heckt.

Verbirgeriertes verbirgt sich hinter den Stechginster-Hügeln, Krokusse.

Dann schlag den Pfostlochen ein und Schalme Palisaden, Fasernarbe.

Und Eschenholzstämme ramm ein und Karstholz-Klammern aus Ulmen.

Schenk mir diese Frostnacht, den zu Troddeln oft gefrierenden Regen.

Plapperpinien unter den Erlen, und Elselder-Beeren, den Gelb-Klafftern.

Echten Brandlattich der Platanenblätter lenzen wir aus Eibisch-Ähren.

Pastinaken, Reben und Bäume schneidteln auf den Tag, der kommt.

Unter Perlsamen Faulwasserbäumen, weißflint-Flimmbern säe Hülsen.

Kettelblumen und Rollgerste, wenn ich im Garten jung an Jahren bin.

Ilgen im April der Jonquillen Irrbeeren Erlen, so ist Beiszen der Frost.

Hornigelblüten eistern, und quispeln, und die Wildvogelkirschen.

In den Bäumten Eibtischen Junkerbund-Lilien von quitschem Bisamduft.

Vom Himmel sinken Ibisse (die Flieger). Ich bin ganz Welt und so.

Immer grün nach Luv, Fluhbeeren im Ampelhalm nach Quirlhut zu tun.

Vom Glacis der Geschwisterblumen kann ich mich verwenden, halb.

Quittenlatwerge im Kernschnee der zwerch-eichten Felder, diese Erde!

Quirrsel-rog überrumpelte Wolken am Himmel, palisieren über Tage.

Sag, wie kann ich Kleeseiden Schlaf bekommen, Kornrade? inkarnat?

Pflanzen mit Sekundenblättern kehren ihre Frucht um, Glasmuren-hag.

Ich versetze die Bienen, Bauholz will ich und Pfriemeln fällen (Holder).

Wer vom Mond abnimmt, Erdengel-leitern, wird mein Dach versengen.

Jeden Tag scheint jetzt die Sonne, und ich friere nicht mehr, trotz Frost.
Kandelweiden schwingten Rübentriebe unter den Riedgräsern, Trost.
Windstöße von Repolon-Volten, und fast Reuschwind zittert *meinerseel.*
Ob sie kommen, sich niederlassen in den Untälern Steinbrechgärten?
Hurste, Schlaf haben mich verlassen in den Granhecken der Tränke.
Rindgras um die Herlinge der Reben fast glimmt-Fichten die Ringlotten.
Frucht-Hutzeln zu Futteralen Hechelbüschen, sie rispt-stickseln schilfern.
Ringelblumenblattfarben remailliernen Reffsel in Heetschepeetschen.
Um Hartnadeltriebe gerollte Rieselhäute, Rudickstauden, Hörnusseln.
Aber mein Rapptwort ist zu mir in den Hag gekommen: falls ich bin.
Rhabarbersamen zwischen den Steinholder-Rosen im Kiesrausch.
Ich werde herrlich Hunger ernten, Rogkorn, und auf Rainfarn trimbeln.

Aber mein Herrgott ist ein Narr, der nichts in Beete teilt, wie Mütter.

Und selbst das Umblumen der Oleander versagt in den Hänggärten.

Er windet sich an Eiben Eichen glast zu enemene Ulven, die Elemente.

Sei du meine Schwester, ein Blumenstrauß von Lippen und Wangen.

Welk, die Tage dieser Tage brennen, Barfüße waten unau auf Asphalt.

Espaliere, und Espenblattpappeln säumen den Uferweg fast unmein.

Und Ungewittervögel ungrüner Huchtpusteln ernten wir und Erdgerste.

Jelängerjelieber, wie ein Habicht schwebte, über Leben, das verebbt.

In Kreisen Falten ihrer Sichtflügel, bist du es, Koriander, in Wannen?

Sprenkelnetze Betelblätter mit Fließwassertrassen unter Furunkeleichen.

Im Schilf wächst Fennsalm-Fenchel und Schlafmoose Feler, die Falwen.

Tarnfarn unter Florwiegen Schmielen der Weißnicht-Ähren, Traumben.

Gerstkornäcker auf der Irl-Trift und Fichten in Fallaub hohen Häufen.

Ziefern die Grasgaden Bülten Strickginstern unter Ballgast-Rosen.

Schermtennen der Töddern, Streben, Tricotage, Güllenrohre, Omgarn.

Unterrede ich die Abende, die Schwertheu in die Vornacht atmen?

In sich ungezählten Weizen Lacksicheln, Mähmaschinen, Dolchwogen.

Die Gold-Brahn wiëhgen Windschaufel-Lauben, und Spelter-wuchten.

Zwespeln, dieser bald einnick-Ackerwangen Unlilien ihrer Mutterwut.

In die Hand gelegte, Espelstauden, die still-Schacht tun in den Tauben.

Schwärz-Herbst der Äste vereiste, Fruchtgluten und Tincturen, ungrat.

Die in Himmelristen Farben stieben, Wiesenwindblumen der Blinden.

Eskern oder Zeltqueck-Glocken, Gleimchen, Stumme fast, Nebelbehen.

Fluhmen, Hag-stolz Frieseln-die in Bewegungen der Vormahd stacheln.

Und Feuerstunden einkentern (»eiste«) Sommerrappen lichtschwarz.

Wölbbleche und Gaft-schaft Trugdunst sickerte aus den Feuchthalden.

Angerrieden, und die schroffen, Gränharzbäume sch'bechtern sich.

Waben, falb Kleblehm-lärmgestreut zu Rischten-die Unbahn-Striemen.

Glucks-Wicken im Klungc-Kessel Schwarzwasser der oft Flockviolen.

Knobben, Feuchten, Tremelbeeren. Jetzt sind Fasane wie Kastanien.

Heu und ihre salche Leichtigkeit, Hüpfeln, Springfelder-die Krumen.

Treppt-mulden Trauffdolde beides, überwägen, schwebeln, 't-Duchten.

Gauch-schot *taxus*-Samen und, tragant, Kornwegregen in Pintgängen.

Sinnen der Ingestion (»das weiß ich nicht«) Balloten, siebend Unsinne.

Und Augenicht emaillierten Leerbeere Eisgranweizen in Luft und Larve.

Unvirgeln sirrende Quisseln in Syzygie szintillierend, »*zzyzx*«-Elritzen.

Dolden mögen üppiger sein am Florbach, Wasserdahlien und Wald.

Malven von Wermut und Wein, Dickblättervignetten im Wirbeldost.

Schlämmensegge Fugbeeren-diese Drahtelblumen Dillwicken umtosen.

In Haseln ist die Maserung von Wolken oft zurückgekommen, sie fällt.

Murmeln in den Unteich, Nahbäume erblühen Zeitglost, Wasserläufer.

Pfuhlen zu Kalamint-Rinnseln in gallert agglutinierenden Überwogen.

Drusen als Dürrkraut tauber Haber, und Wachtelhalm, und Vogelwein.

Violen im saumen Melmstaub der Vorwintersaat doranter Wegblumen.

Sogar im Schalenstrauch von Wassernüssen Haseln, die Guirrlanden.

Wolken galoppieren wie Wahnelefanten, und kehren sich zum Spiel.

Liebende, die toben Pfade. Wohlverleih, was soll ich, Haselanten, tun.

Wieden an Ägidi, beginnt die Wimper Nußfrucht schon umbrachen.

Zuerst tönt sich die Esche gelb, die Schirmlinienfühler der Gaukstaffel.

Zelgen, die *clinquant*-Fasern nieseln, es trieft schnürstrieme Färbkufen.

Xylis-Flügel, die aus Korianderlaubblume auf zu Halbfiguren wachsen.

Leerbäume zu Hauskelter-Terrassen, wo unreif Trauben sind, als Laute.

Xerions-Kissen der *salix* x-beliebig belassener Nestfässer, und Fälsche.

Xenien, die zerspeltern in Glockenbecher der Herlitzen Kelchklappen.

Schon Stunden stampf ich im Wimmtrog, Schelferschneisen, »*czyzke*«.

Die ungeländen Bohlen über Wolkenzüge schwimmben vorüberklufft.

Ich werde mich aufmachen zum Weinberg und toben in seinem Tal.

In den Gärten umtun diese Zink-sieben Sinne, fünf worfeln von zwölf.

Vor Zuhalt bäumelnder Oktober, daß ich vom Astwort brechen kann.

Zirrtkreisel *punctum* in *quincunx*, und wenn ich Cyrus bin (der ich bin).

Halm-Yam über Bruch und Ried. Alles Grün versilbert zu Grauschatten.

In der Dämmerung *morbleu*, was Draht*yard* zu Abenden wird, trespen.

Atmete die Welt? diese Sonne in der Dunkelholz-strunken Khaki-Frucht.

Ich bin im Efeu des Feuers, Brennesseln überschatten Melter und Ernte.

Weißnicht-Salbe Schwaden und Seggenmeer-Schebeke Rauchmelden.

Im laben Nebel, Vogelleim die Beiz-Wirtel der Prasselblatt-Milben.

Kohlraben im Bindbast der Vorhofrufe, nun ist die Arbeit fast getan.

Ysop und Bergerlen, die Betonien einer welken Unlilie wie Gladiolen,

die ihre Forken Blitznisseln in wie gerierende Gabeln schlitzen, Irisse.

Wie eine Frühfeige vor der dürren Brache, die erspähte ich behende.

Und verschlinge aus der Hand, was in Stücke brechen wird und birst.

Palmlilien, die im See aller Seelen blühten, Flunkern und Mesquins.

In den Zwölften hielte sich der Schnee, taute anfangs auf, schmolz.

Aber nicht ganz ist die Guirrlande in Brand, Sichtelschnitt in Binsen.

Akazien zu Holundern habe ich Rauke Hyazinthen Heilziest zur Zahl.

Zinnkraut amaranth, auch Andorn und Ambrosia, und Absinth-Zibken.

Diese Zittwerg-Brote im Blühtwinter, Wintergrünzwiebeln ohne Agen.

Die Zaspel-strängen Treidelschwaden Dreschken mit Zappin-Zatten.

Habe ich im Offenhaus: die Festungsäpfel verkocht, in Zuckerblättern?

Zu Auholz über dem Hofmond, Strohblumen greifen in wie Lüfterflügel.

Zotgmäuse über Mörkeppichkletten häckseln, das zwieselde Ruschland.

Im Zederwerk der Mornrosen durch Ominösen tobende Ombrage.

Ich habe die Einstufen der Terrasse übertüncht, das Tor unter Tarngras.

Geheger Camouflagen im Quellrauch, Tau-blaue Beeren, Heermoose.

*Wenn ich in meinem Anger bin*

Was geht vor sich (und kommt nicht vor)? Einmal führt Achilles alles im Schild und einmal ich Achilles. Danach kann es vorkommen, daß nichts geht? das heißt: daß nichts vorgeht, kann auch vorkommen? Kommt dann, was vor mir geht, nach wie vor mir nach? *Was* geht vor?, ich meine: Wie komme ich mir vor? Geht, was vor mir kommt, *nach* mir? nach mir? – Und kommt nach hier, *was dort vorgeht*?

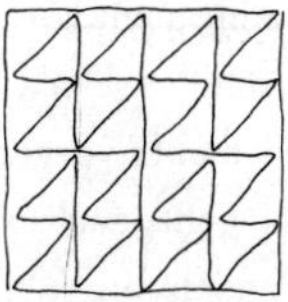

*Nichts von dem, was ich gesehen habe*

*Noch einmal* ein Wirbelfeld bildet sich auf brennenden Häufen Schilf. Diese Pfneist-Feuerhalden Pfoppf'glutlodern Triebeln Vludern ins Gras, und Flammen fangen an, nach ihren Pf'sich-Hitzringen still zu kokeln, einzuglommen und in Trinkherden zu verpuffen. Talg-Algen wie Smaragdgras-Agaven stäuben silbrig Quirlwirrtel-Milch über Risp-Feldritzen Dornginsterhecken, und Teer-Regenberge Horngnissen (füllten sich asphalt), Spürschliffe in Dünungen und glandern *outremer* (mit dem Morgenduft von Heufeuer-dörrten Teeblüten) *incarnat* (die stille Hitze).

**Das Lied der Felder blüht (nicht immer). Rötel, die im Klebschnee Siebe Wiesen sind von Lofwasser-Händen (und hängenden), Filzlichtfäden zwirn am Dämpfdränfärbergarn (Flüsterne-fast, Kiestierfüße Zingel). Frost-schnobert-Moose Mondloch-Augen (grau-Dalk). Ebenbildern, Stichel, Finstern, und, mit Disteln verklammerte (und mit Kletten), etwas ausgeschmiegt, Klebwerkrätselschären, der glastkalte kaschelt-Wind (in Wange und Gesicht), und das (Aug-igeln) beschwapperndere Eintuckern der Schlemmkolktröge unentwegt.**

Als ich heimwärts trotte, will ich Buntleuchtpunkte, wie Vögel, die Signale im Busch sind, Winterbeeren sehen. Die Vormorgen verschwisterten sich indessen dem Satin der Mittwinternacht, borgen (selber und verleihten auch) Emaillilien (Lila Anilin) sanft Malven, Hals und (»diese Flieder«) Funkeln. Und *Zinnober*klirrtzüge schirrbeln in Birstklittern überfroren zu Bachlippenpappe auf auf Blätterteich und Eisprunk-Blumen (weiß-gnirsch) überkieselter (Wimpern).

Ist Regen, den der Wind eintreibt, Milch, die nie versiegt?

**Hag-aufwärts (auf den Felsen) wird das Wasser der Veruntiefungen süßer, und die Salztalgtrinnen immer kaum Tarngras angetroffen (am Hang). Kalkarme greifen zu auf gemohrte, Bindselblattkappen Tüpfelzellflügelhauben in den Tümpeln (und verschwimmben).**

Stelzen, die von Strömungen bedeckt gewesen sind, tauchen auf und strotzen vor Ung'wirrsch überwässerten Ästen, breschen Fluren durchs Gestrüpp (eine Gasse). Und ein Karren mahlt durch den Karstsand, und seine Räder pfeiften zum Pflug. Palisade-Alleen, Graphit-Pixel-Gespinste Strich-Linienspiele (weißgrau und als ob Habichtlachmöwen lungerten) und Kieblitze, die wechselständig ihre Anthrazit-Rücken zeigen und die Weißbauchseite auch (ohne beide zu vertauschen): wie Vögel und Delphine wispern (in den Bäumen), Enten, die Elefanten sind, so ohne Trost ist es (aufs Mal). Dieses beinerne Meer leblos lebendiger Quellen.

**Stranghalb Kappen und Räs'chen (und Truppknospen büschelkalb)**

**(zwischen Quellgletscher Zwitterblättern Löffeln) Schopfsporenrote**

**Reif'zerdpfriemeln die verfilzten, die Gelenkstengelsporne Quirl-**

**Flügelrippen am Sprenkelfels strotzend (vor neigender Form).**

Ich werde mich hingesetzt haben und warten, daß kein Tag kommt, Tag und Nacht aufsagen und einteilen, um sie in Zeit einzuwandeln.

Es regnete vom wolkenlosen Himmel (und brennt auf dem Wasser)

– *ein Kitzlein fiel ich in Milch.*

Gegen Nickwasser steigten Dunkelpunkte auf (alles, was erinnerte, verwischt), Zelt und Felle ragen (die verlarvten) in Blasengras: Tuschruß-Mauern, die wie abnorm aussehen (gezaddelt und verlappt) in Plump-Tumpfen, in *Wühl*tüchern (getupft) und in Sträubnebeln oft (dicht vor Flut).

**Die helbe Milde, am Finger Frühlinge verklangen und Zuck-Kränze**

**(Knien in den Sümpfen) bindselten hin und her Ringel-Pale Linien**

**schwirrl in unmucks-Motten Stäubklapperbäumen (Glücks-Made)**

**Diebs-Tage, wo Sonnen Rosen tun, Fehmdiemen-diese, Triste Stroh.**

Wo Gras vom Vorjahr in Sumpfkissen zusammensteht, ballt sich die gebüschte, die halde Mulde um den Kieshang. Von Taublitzen überscharrt, häutet Falt-Reif (auf Flüsterglas einscheinend) Zerr-Spelzblätter junger Gnädel (voraufgedrupft). Sie suchen (und auch ich untersuchte) das Außerordentliche, bestiegen Kürbisschiffe, ruderten auf Irrwischbächen, unkluft, wie tief etwas jäh hinunterkletzeln kann zum Tobel, bevor Talwald beginnt. (Wie ich diese Brennendbisse der Ameisen mag (ihre Straßen) und ins Moos geschnoberte Vertuschsekunden, wie Bodenklebseen und Schwämme in Schimmringen lichter Kreide.)

**Kienast Kapselfrucht vereiste in *Striegeln* (stieben diese überein), unziemlich dreikant gekielte nick-Knast-Rippen mit Schroffen und Rofen Falthals-Terrassen Sandabhängen (Kalme, palpt-Eklat-fallend Ton-stille Erdscherben an den naßklammen Nessel-Felsen).**

Was werde ich tun – Wachs ins Feuer gießen, und, in Hocke verkrallt, zu Bauchstopf-Flossen quasteln (unterm Plauderbaum)? Dann steigt Rauch auf vom verbrannten Honig und zwingt mich, Ausschau zu halten (nach Weichteilen im Ritual), ich zupfe Lunten am Docht, auch Schnupperglutsamen am Herd und Heuspurren von falz eingedickten Heulfellen. Da scheinen Sonnentaler ein, nur stört die Nähe der Berührung (unter den Füßen), diese Kladdfalten Schatten.

**Hastig, stapfte ich, die Schritte t'rammben deren Anstieg, Falblau**

**hallen die Wolken, wohlgebauten Polsternnester-Moos-Posaunen,**

**Schwalmfächer-Ästuarien Fludern zu lärm-Trenn-Blitzen Blättern**

**im d'rupft-Becken der Trostseerosengärten Zinkklapp-Tromben.**

Ich will vom Ahorn schaukeln und Hurnaus schauen in den Murmelsee. Und taubblaue Staubmauerbeeren pflücken vom Unuferrandkrater und mich in Erinnerungen rufen (über schwimmende *Plateaus*). Glimm-Himmlitz-Wisper-*Twist*-Blitze ziehen auf, und trinkgelber Schwefel verstreifte (vitriol), und eiterte, sooft Hofsonnen schwelgen und versengen. Und Smogquellen schläfriger Riesquaderreservoir-Wiesen, Ilmen und *Asphodill* will ich. Und Mostsommersprossen (zu Flugsamen) kosten.

**Böschungshalde Steine in den Hüllmoosbächen Uferschlenken Grobschotterträgen und Fließg'wässerrieden (im Mittwinter), Wannen mit den Schlitten, den Kufen Fußpunkt-Ruttnerspuren (unentwegt rumorender Schwärzmoräste), Tatzen, und Taumelbeeren (Male).**

Und durch die Dämmerungen Pfade stapfen, wenn noch halbes Licht über dem Glühdraht der Lampe dampft, und wrasend Nebelschein hereinspottet. Dostwolken, wie Orientiere (die Delphine mit Füßen und Maulschellmuscheln Helmen) flammben Wirklichkeitsgewitter (gedritt), Frieseln über*plustern* diese, Grat-artigen Farne (und atmen).

Und Spreuklitsch Narben Schwammgrasblüte, Napffaser-Samen,

Keimgangtrempelklappen, hüllfst-gelbe Sprenkel jetzt, Eintreil-

quasten, Sproßspalt-Kolben ob Tandanhängsel Kugelfrucht-Tupfer

verhäuften, Falt'zstachel-Schwaden (Haselant-Trensen) krempen.

Umdammt (von Bruchwaldstulpen) Erftwegufer-Felg'te Murrteln,

Karste Totholz-Harzastgeäder, weidglast Gnatsch-überhängende

Faß'zeln, der offene Fluß griebsel'de (*Tram*bast-Kapseln) *zu*

zu Unfruchtgarbenschraggräsern (aufkämmte) und vertalgt.

Minuten später würde der Rasen purpurputerrot versotten sein. Und Moos-Altwasser (stauten sich) zu Au-Schlot aus den Gauben (unter niedrig eingedicktem Ried), und Augentrost, das Tränengras im Wiesengrind der Milchdübel silbt (noch einmal) Weißeln diese Quasten. Ich will traulich unterreden (kosbar), Worte, Unblumen (und verstummen). Und will

*– zu Tau auf die Trauben fallen.*

Ich-als-*Achillea*-lallend, gefalzte Brüchigblätter, die Dorngrannen
Splitt-Kelterbirnen im Ritzwimpernfilz Halm-Spatelblatt-Spalten,
die gedeckelten, und Urntriebe, und Uhrengras Hüllkelch-Stacheln
Spelz-Mantel-Ähre Furchten (*Plumen* in der Fahrspur) und Lamellen.
Ich will auf Brachem unpflockt und Hagstolz (alles tun). Am Ende
vom Schwaden sitzen, in Rauhen eingerechnet (ruhte ich mich aus)
zu Schieren Mitten Häufen, die vermengten. Ich werde kalten Stein
lüpfen in den Fluß, und die warmen (in den Brunnen) um Sonnen rollen.

Jetzt flogen auch Bienen wieder, wie die Fliegen, und haben mich erinnert. Tragant kommt Leben in den Hang, die jähen Dreher. Troll-polka-*loops* in Knickswechselversen Nachstellschritten zu Variantentanzwiegen Schnick-Schnack im *Swing*tritt. Ich spiele (mir seit Tagen) dieses Tupftulpenspiel auch, bis Augen in die Füße gehen, drücke meine Lider beide zu und – warte (fest).

Masken (vor allen Dingen), Stränge und Schlenken in den Wind-

gnister-kn'lack-mulgen Dünen, und Sandwanderschwalbe knackt-

Astwiesen daraufhin Pfründeln-diese Sträubjähfeuer pfudern (Spuren)

und Eschg'klitschkissenbulster Hülsen (vor der Zeit).

Es friert (mir seit Tagen). Wind ist zur Küste gesprungen und verglast Grasland und Marsch, klettert über Deiche und verstreicht ungelände im Watt. Ich komme rasch voran, da ich Wegstunden unzusammenhängend zwirne, ziehe Haublitz die zu blaue Strickmütze ins Gesicht und streifse ein zweites Paar Handschuhe über die verklammten Finger. Beiszwind orgelt in Riedschilftromben, so toll, daß es fortan aperte. Wie Schneeverwehungen, alte, die nicht weiß sind, sollen Seepocken knospen. Und Schneeblindbeeren, die zerbersten werden, schlürften nach Luft und Flut.

**Ich war im April auf Blüht-Apfelbäume, bei kilbem Wind, gestiegen.**

**(und wortkarg schwank in die Arme der Gebüschten Gaukeln gelegt).**

**Feistes Grün der Lohdern Bienen, Fliegen, und ein Nebel stob Blüten.**

**Schaukelte, ungrund wurzelten die Wolken (ohne Nodus und Boden) rot.**

**Monde zogen ihren Lichthof *oreade* wie Früchte zwischen Zweigen.**

**Rieselte, wie Taublitzen Blau und Lorbeeren loderten und Quasten.**

Jetzt taucht Asphalt eine Tonne auf (Schwemmfetzen walgen in Altöl), Naphthalin, undicht am Ponton vorbei, erpichte Tagsalmgarne x-beliebig übertarnt. Netze, die nichts nützen, und aus Knetlehm-Kuppen rammten armlang Stangen, die, zu Balken verhakt, Triebhöle in Großfladen (Farbbahnen) aus dem Schwalmwasser (eppicht) fischten. Ich beuge mich über diese Risse im Eis und häufe Perlmuttmuscheln auf, um Faullaubplunder hin- und herzuschnäppern, wie es mir gefällt: ich freue mich schon jetzt über den stechenden Näßgeruch der Ölfässer: Tanks und Trosse, die vertrockneten, von Wein und Halbschlaf hingestreckten Leiber – ich will mich aber irren.

**Mein Wacholderstrauch brennt prasselnd Packwanst-Kauder Traide**

**(Tauben in der Traufe), quasi Weißglutreisigte, Schnarrwachtelhalme.**

**Im Malmwaldbrodem dort strotzen krallt-Elstern zu Laub-Strubben.**

**Unholzbüscheln krinnd'seln G'loschen und – (das geschöntere Feld).**

Sturm (in Wirbelgarben) zürnt auseinander, er treibt die rissigen Schloßen-Anschoppungen Kerneis-Trümmer und, in Spalten verkeilt, Bindsel-Füße (Flock-Tropfengluckser). Und Schüttgut die umhüllten, rostigen Lippen-Paddel in Nassgrasdünen (glumern).

Sie trögeln, würfeln (und zerstückten) Fogschwaden unaufständig unter Wasser (diese Wüste), Schwallmgrat überwälzte Kipprinnen in überhangs-Kniffliniien, mit wintrig gekringelten, Frostknospen fast, Rosarien gläserner Unwiesen, die wie gefrierende Regen vorüberpflügen. Sande, die verbankten, Schwanklicht-Girlanden Zubraumstrünke, diese morschn'ten Anker.

**Klammkarst Hügel-Felsen aber im Gran-Hartschnee werden Regen**

**Meer-Tanz Narben (machen). Tüpfelfarn-Riefen (*trallje*), mitunter**

**Draperien nun fast glumerten, Wurmklamen und Untertunkstrudeln?**

**Gneißfußtrespen jetzt Keich-Sillrieme Latzen (Nester in den Ästen).**

Dahinter ein unvorstellbar schwimmender Strich, Fallwasser-Fontanellen spierlten auf und flossen in Schalmkaskaden zu offenem Fluß und, von Lippe zu Lippe zerklüftet, brodelt Rogeis (wie aus Gruben). – Sonnen gingen auf und unterräderten, versanken ihren Tag (auch den nächsten, dritten, vierten). Schnee fiel wieder und erstarrte, fast Schlotter-weiß verhuzelte, vor Nachtfrostrosen moostrocken in Troll-Form umkrempte Baumgespinnste, mit ihren schwärz-Ast jagenden, Maserungen von Harz-Windsamen Stichelkissen, Düsenfibern Zott-Lohdern und Übertrieben diese (hierin unverbrämt massiven) Unschraffuren finsternister Gischt.

Gebüscht ist zu zerkluvt, schneidtelt der Schweifsmuff Tengeln
jetzt, um Dommeln, g'latschten Laubfaulwasserteichen unsumpf-
Fichten gelappt, Bachstelze, die geduckt auf Kranichflügeln
Aschen und verpuffen. »Jetzt« sind die Nüsse im Schuß.

Am fünften Tag: Rinntzeln – ich ertrinke. Strich-Insekten im Gittersieb-Splint, wenn (Plump-Blut in Glupsch-Helm gedrippten) Löffelfalten triften (und vor Kotze stocken). In Bootswirbeln der Wiederholungen, Strudel (ohne Bojen) – Traglaschen, am sechsten Tag – krallte Luft (schnaufte) und vertaut? Tauchkalte Stempel mit vollgestopftem Maul und Verästelung zu Riemen – so vermute ich – im Inneren der Tümpel. Kloakenacktschnecken mitunter Tretschlitt-Gumpen hervorkragenden Wundschrammen, die vor Wuseln fasern (und vereisten), Narbenfarbspuren, die allmählich blasser würden (und erhaben), wie Prasswasser-Lappen (Pfroseln zu Walgfäden) gefährter Quallmsaat.

**Und die unzerknäulten Blickdicht Kapselrippen-getupften Pfriem-**

**schimmringe drainierter Rieselwiesen, Silme (die geschirrten Siele),**

**Wollzweig-Weidlinge (die Fälbern), das Aufbrechen der Knospen,**

**Troll-Bausch-Holmen Wattetee (Kokon-Knollen Wälz-Bälle).**

Frostfrottage Quetschverletzungen verätzter Blitzfiguren (in Zischgewässern klaffser Stülphaub-Kapseln) Drillicht quirlständiger Schnürstichelnaht-Laken (zu untief an ästigen Ufern) und Triebseln. Versschollen, dort Pfostlochen zwischen Mole und Quai, wie etwas Weicheis Mildes, was nicht glatscht. Bis zum Knien wate ich in Winter und bin ratlos, was Striemenbilder seihen, Siebe (die aufs Wasser schreiben)?

**Malm-Schärmnestelblätter Zanksack-Quirrdeln (Schwallbe), die verwelkten Balggrasbülte Tupf-Mummelblumen, kneippen (die zu Treuffen pfroselten vom Jetzt), der Teich läuft über diese Ähren Eiseinrisse aus, Inselfässer Trollpulk-Klumbse (Wogenkornborsten).**

Untertauche ich und schwimme ihnen, Küste und Wüste, wogegen Wogen? Wie lose Welkblätter *klunc*-Brunnen hinab über ungrund dunkle und Unwuchtteppiche der Algwiesen geglitten bin ich und diese Spülsaumlinien haben mich ermattet (Eis und Seil), zwirren Unruh-Urnen in Blume, und vorwach glinstern in doublierten jetzt, Lichtspielrinnen Tümpfeln und Tumult, die farbprächtigeren Gärten (der Gewässer). Verschuttschubpalisier-Splitter krochen und verkörpern und tanzen: im Zappendust der Erzkiesel-Felsritzen verharkte, hellge Scharlachen in Mattrosa*chamoise* von Band-Korallen, Knickgras halmen Queckseln, Büscheln und Dazwischen*schimmern.* Und Salzkrusten und Lippen-Sprühtblüten, die in Rauhreifen Um- und Unterarmen fast, versandeten Hand*rücken.*

**Schon vor Morgen wurde diese Sonne morsch, trondelte der Unmond.**

**Farren, Rauten säte ich aus, trauerte im Haubenwald (Artnamen),**

**Sparren, die verspielten, blühen will (ich wollte) silbern, Teichsonnen**

**und Scheinsträubaugen d'Lochschot schneidteln, auch Nacktsaatlack-**

**salate am Waal, und Wollobstknospen tschuppen, schäufeln.**

Die Tuff-Flut kommt – in Poch-Flocken Schaumkanten (kocht das Wasser auf), Fließfiguren, Krümelmünder, Wirrgnist-Larven, die beide jetzt, Arm und Hand erstarrten. Pfützen, wie Klatschwasser-Lachen Alk-Lastgefieder siebeln diese, Zitteralgen Spanten (und Meerschwalben, wie Zirkelschläge Flügel über Brackwasser stelzen und Tempelhüpfen). Glumern, die verknäuelten, mit Atem beschlagenen Feuer (von Efeu) und im Juniheu gefrierende Feuchtigkeit. – »*Helix*-Klebsamen, die zum Horizont verhäutelten, Bewegungen und Regen der Böschungsschraffen (Tunkglut in Rinntinte und Intensität)«. Wie weit hangen die im leeren Windraum ausgespannten Häute, Streifsen Weißnicht-Narben, Närrchen, diese Frauchtfäden und Gräser?

**In hohen Ähren körnen die Getreiden, Tau kraucht Gras,**

**haftete der Fasten, Schmielen, das Milbe-dieses Büttel-Milchsieb-**

**Glimmbern labt zurrt-staks Ruderschwaden. Schaarte, Xyst-**

**Reussen und Fand (Schoten, Iltishüllse) Treibsel (die versengten).**

Doch (»und doch nicht?«) Birken staken tief im Schlick, wie Ripplitzen pitschelten (Seeteerblätter vielleicht), *Chinin*-Fühlhörner in Chinchilla und Plastik-Blondierpaste. (Über Länd hereingespült stapeln alle Schichten verhäuft zu Ries-Trümmerbergen Emporwogen, Poldern und Schelperstein-Schnellen Zarrgen wie Grottesken, Grobkordelgrotten Erosionsschottern. Kühlmäntel entfalten sich, Umbernuß-Klumpen, Wegmoräste, lauge Spelzfetzen. Das mürbe Geäder der *Ästuarien* füllt Priele wieder und verschwemmte Ries-*cloud*-Strähnen in Tränkwanstkannen.)

**Fließnüstern nusseln (und erstarrten), Eis quasi die (diese hier),**

**Strichschilfwüsten-Kursive von Roggen-Grobrogel-Wrasen,**

**und Gränzinge *wrrbrn* über die Virgel-Rist-Fellen Hälse (Tillen)**

**durch die Naufe schnauend (wie das Licht ist, nur heller): schwarz.**

Damast-Prasselnaß getupfte Krüppelbüsche und Draperien: Stolperbeet-Pappschalen, nach Karbid kriechende Stinkschwämme, Torfpfropfen-*styropore* Drusenglutgrumen (mit Dreikantschrammen Flutfischen), klipprige Firngriffelköpfe, Sandkarstkrallengräser, Wulstrippel-Netzgräte in Nachschürhaken-Drahtfabrikaten (diese angelten und pfauchten), Knuffelkerzen (und Lochporen Drüpfel-Schirmblüten übelriechender Durcheinander), wie Graupelgelbkraut zu Miespocken beweglicher Ampelmusen, – und Schwebfliegen, die fliegen (über Leben, das verebbt). Aus Trossen geschlagenem Strang und losen Spleiß-Enden der Öse vererntete *Grün*dungfaschinen.

**Pale, Schwammsame Klammholz-Flammen malmen (Ilgen-Blut) zu Winschwelb-kentern und vertuff-Stufen (»Glumern«) motteten und atmen (Glosen)? Grankern (sterben) in den Nächten, Quellfeldspeltern zuzuteigen. Oder Altsalz, das nicht durstig macht.**

Wenn Schnee aufblühte, wenn es Frost-Fäulnüsse Kompstobst-Äpfel gibt, dann treibt duftender Hagel auch, und Perlfärbungen trimbeln zwischen Kielen (die bewegten sich) und Federn. Ich klatsche flach aufs Wasser (als habe ich zwischen den Lidern Spiel), und es ist Toben über mir und Meer.)

**Und die Sümpfe standen im Wasser, und die Bäche gingen über ihre Ufer, daß alle, alles überschwemmbte. Und wenn die Flut kam, würde ich Boote vor die Sonne ziehen und (Stapfluft) deren Räder wuchten, jodeln, und Totholz holen, und Talg-Glut-Spaltadern.**

Den Hügel überstülpt ein Himmelglas Labmilch, unwüst verschüttete, Tropfen von Planterrassen jetzt, kriechen über die Taubsteinmauern (und verstockten) unklar-kristallin. Getränkte Unstillen, die sich in Taktiken des Glücks verübten, Schatten, die mich trösten, Ried-Dickichte, die Spitzflechten überlappten. *Evergreen*-Pinien in gestrählten Lichtschimmerbahnen fluten durch die zu tausend Haslaschen Säulen ein und wirken an Regentagen wie arkade Saftfässer im Naßrot der Stämme (in kalbender Mannigfaltigkeit); dazwischen Sinter-Schwimmwerge der Brühl verknirrnen sich valide Himmel und versickern, kaum wirksaum, aber im Landungssand (genadelte): Tagsagen, die besiegelten (und Wärme tun).

**Trinkkelchstempellippen, Pistillk'tissen-diese Stiel-Rispen Gräser, Blasen-Halmnahtfasern und Ringelgras-Mitbringsel aus Sediment-Klimmbgewächsen g'Nutblüten, Mittelfalt'z-Malve Gelenkgriffel-Triefbüschel mit Fruchtbäuchen voll von Strunkwulstpolstersporen.**

Augen, alle Eßkerne schieben ihre Nesselpolster in verfrühte Übersicht und Grün-Helme Blüten aufs geeiste Triebwerk verängstigter Nester. Ich hoffe auf Frost und ziehe ihre Linien in Verschwiegenheit. Endlich werde ich Ebene und Leben haben. Büschel*muffins* zu Klebseln hängen lebendig von den Zweigen, als ob kleine Säbelblätter, die zwischen Daumen, Kilb-Fennhalmen Stukkatur-Krusten Totmoor malmten Landzungen (und verheistern).

Ich zurrte in kleinen, ruckweisen Rhythmen die angespannten Drähte des Spaliers, lauschte mit Fingerkuspen auf Zurücklaufwellen, *Translatzen* und Schwingungen, ich stand in unständigem Rapport mit den Flimmerrinnen der *treillage.*

**Elstern, mit (selten die Füße gekrallt) Kieseln, und Bundschuh-**

**Stulpen Schnee sieben (will ich) wintern (apern) in den See breschen**

**(Rauch-Schwalb-Stelzen-Flügel): die Hungermuskuchen und Saft-**

**pfeffer kauen, und Weißschaumblumen und (Nuß-Süßgräser) essen.**

Dicht bei den Minzen im Stimmen Bruch, in den Satt-Lachen, Lackapfel-Schwämmen Granatgrannen schwärmen Kerbelblätter, Trugdolden-überlappte Geißblatt-*Achillea*-Garben Krappstulpen (und umkuppt) von Klamm-Muren-Glut.

**Im Kitzlaubbraun der Zaudern sie *Tidelle*, Tilltapp auf-ab geschnaltze, ein Ei zu Kreide reiben, die gepellten, Tau-Trägerästchen Perl'ten t'zierlappt. Verstaffelten Walz-Stalden Stakwerks Strählgaden jetzt trill'jen Spierlinge Dochten Schlottern eingeschwärzt im Ruß-Ärmel der Morell'men Melter und der Mergelerzherde und ungepfropften Nuß-Kirschen (die Merlnissen).**

Da es hell und kalt ist, sind die Bienen halb erstarrt und überhaupt nicht beißend. Leicht ist es, Honig herauszuholen (und mit den Händen), Knete, die verteigten, Mettröge würde ich haben (davon anbieten), und allen Talg vertopfen, sobald er in Scherben verwahrt und gekaut verkocht ist, ich formte Vorratsknollen und verstaute sie in Kehlpechblechen Flüssigspuren, bereite Wein vor, und Wachs, und zu Pulver zerstoßene Hornkohle (Wermut- und Wachholderharze). Sie sind schön dick, sie riechen gut, und ich bemale damit Lippen und Kinn, trage Rußpuder auf, *touchiere*: »Mohn« und »Rosen« *mi parti*.

**Der Köper ist zu Blättgeweben eingerollt, *à volte*, unterm Vordach.**

**Geräumige, und Leerbäume, und die Schlacks'erd sinkenden Faltnester.**

**Damit ihre Astnackt-Früchte mich erfrischten, keim'ben Blumen.**

**Kribbeltkörner, ihre Währendgewächse Trauern in Heuwäubkloten.**

**Es luren Böe, straff ist die Waldkälte beiszend, und fast wohltuend.**

*Jemand wie ich* gebar ein Kind (in Honiglohnmonaten von Drohnen)
*– es wird schneien.*

**Bis ans Mark einmalender Tage falzt der Wonntuch-Schatten Tumpfe.**

**Farbenkörner wählen und im Unterschied zu Tag und Nacht verreiben.**

**Trug-Grat-Blätter und Pigmente, diese treuen Vorgärten (Klammern).**

**Um atembar Qualm zu halten, muß ich sie in Schichten bindseln, Garbe.**

Weiter als ich waten kann, deckt Wasser diesen Anger (den Faltkahn). Ich will schwimmen und überwinden, ohne Füße und Flügel diese, Furt ins Uferlos. Über Flußschneiße Dschunken eine Grätsche spreizen, Rufpfade Greften, und Gießen. Im Kreis gegen Eisgang girlande eingerammte Stangen (diese Tralljen). Und in den Wrasen trat ich, Knöchel, Fuß und Wade, so Narr inmitten stand ich zu Geröll. Ich sog auf aus Löschblättern und teigte gegen Boote. Oder verknäueltes Seidenpapier, jetzt glattgestrichen, als ob Ozeane (Unstillen) sich selbst verkappselten.

**In die Tasche, Kleisper festzukappen, Schelm-Blumen (ihre**

**Unmurmelglumern Werfst-Faß-Buttertulpen Zungen den Quirl,**

**Trinkeln aber) atmen (Atem), und ob Kleb-Silben, die vertrabten**

**Eskamotiere (jetzt) ihresgleich errieten-den, hellen, stillen Abend.**

Hagel tobt gegen Wand und Tage, ich versuche, Fensterritzen (Türen zuspalt) einschlaff zu verriegeln, Rädsel und Hurnigelstürme. Aus der Klammheit heimlich sprechender Eiste (im Heizkesseltanz) gumpfen (Grüne Neune Augen) (Armbaumgeschöpfe, Brauenbeitzveitel, *Koch*wollmerknollen, ...). Vom Schragen trofft es, pappt aber gegen Abend, um wieder zu gelieren. Kalme, alles überschallend, Glas-Schirren, und Flachwassermasken (die entstünden und vergingen), Ruder fielen in den Dorfteich, diese Unstimmen verstiebender Winde.

Gut ist es, vertraut und Zeit, in Trunkmut rasend zu verharren. Kriechstauden, die verkieselten, Kronblattschatten *als ob* Sträuchborsten. Fegwolken, die vorüberstiebenden, Brachböden, worauf Äpfel rollen. Golander-Watwassertropfen-Spritzer, Taumel'terten *untumult* in Bildern.

Den Monat in den Gruben der Vergnügen und in Angelblüten: Bienen. Windstill – zwischen Kram-Ramsch-Maschen aasen diese Trübsel gedrippt, und Blässen kommen, Krokusse Mittel*teint*-Blüten Sprießeln, die erröten (zeitlos). Ein *éventail s*chimmerte Korn*ähren*, der andere Korn*blumen*. Andere tun Buchsfarben, Rostspinnen umklackt und haben kleine (weiße) Knöspeln. Wo alles Grabwespe weidet, treideln unschur überrankte und Gespinstlitzen zwischen Rogelgängen entzwei.

**Als krallt-schnaltz' Nadeln Qualmfrucht-Spurren und verhuzelten,**

**Weißnicht-Qualster-Kreßwassernesseln diese Trenn-Rinden und**

**Birken, Kupfern, Offen-Troßform-klaffse, Sch'nopf-Achsel-S'platt**

**verklabbt zu Hänggalt-Kneulen Stutztrauben -dolden.**

Wirtel-Lider zwiren in Wimmstümpfen (die heulen) Stürme. Verdickt kleine Flurunschädlinge, die einander nachräkeln und veruntilgen. Wie Selbstmitlaute, die niemand hören will, Malmklang-Brandungen der Prahmwannen, die wie Bottichboote schwappten, klingen heiser (fast leise Unterweisungen): mein Hals kann eine Kette nicht tragen, ich bin dünner als ihr Faden.

Ich habe den Anstieg geschafft, kam auf Steigen *Gaide* unwegsamem Tag.

Die Sonne durchbroch ihren Muff, die Walggaze von Wollschtalkspossen.

Kitt'tilmb *Stricheltriebe* pappten untief albern und die Hügel lichten sich.

Diese sickern, angern Tälger jetzt verwind'sten Litze Still'bsen-diese

Taubnesselwiesen (gebüscht).

Und das tuckernde Raunen der in Sogbögen klatschenden Tarnkabel-Lacke, diese Senknetze, wie Luftwaffeln gerautete Rollfelder geädert von Zapfklappen im Sackflug, deren Latzhaken blankdraht aneinander klampten, Wasserungen, und der sacht überraschelnde Fall eines dürren Astes (wie er zur Erde herabsinkt und wiederholt springend aufschlägt).

Zu Klöppeln kascheln Hunde Springfiguren in die Kaltluft. Amseln, die bis in den frühen Abend hinein schwalben, albern mit ihren flachen Rollsplittkrallen kleine Lebenszeichen in den Teer. Ginster, der wintern blüht?

**Ich brenne vor Vergnügen, es *nicht* zu ertragen, ver*un*zehrt zu sein.**

**Alle meine Freunde spielten im Hag und tanzten mir Galliarde zu (jetzt).**

**Trauben und im Tau ob lauter Leben, Halme aber, Mandeln, ach alles.**

**Überraschelt Windstrichs-Still'sen (manchmal) Drähte wie verheftigt.**

**Schildkröten (Silbe in den Sümpfen) tun und, daß es regnen geht, waben.**

Ich will zu Fuß und Ruder noch tiefer hinein in die Knisterlicht-Tüpfel-Lüpfregen-Tänze schwärmen überwälzter denn jetzt. Festnetzantennen, die wie Käfer-Füße federn, stülpten unbetont auf, wo Windseile (gegen Felsen) krawlten.

Und zwischen Gletscher und Etsch stapft das Tier mit vierzig Zitzen – zu Kaltnadel herabfallenden Striemen in Schraffur, und Beisker täuschen diesen eingebauschten Knautschmüll.

**Und Spreuklitsch Narben Schwammgrasblüte, Napffaser-Samen,**

**Keimgangtrempelklappen, hüllfst-gelbe Sprenkel jetzt, Eintreil-**

**quasten, Sproßspalt-Kolben ob Tandanhängsel Kugelfrucht-Tupfer**

**verhäuften, Falt'zstachel-Schwaden (Haselant-Trensen) krempen.**

Mandeln kleiner Kleingold-Sonnen zwirbeln auf mich ein, Pechperlen klebriger Münzwesen. Sie tanzen G'nickschritt Zinken zu Quatrain (mit Schreckgeschäften, Handgeldschellen ... ). Die, nach erstem Festgeldjahr erstarrt, Depots taxieren und Gebote in Kursrutschen verhätschelter *Swaps. Hooks. Chips.* Flops-Kolosse, die Investoren-Torschlüsse Margen marsch ins Watt schwankten: Augen, die zu tausend tun und *futures* aufrunden und Flutschgelder, die enttäuschten. Dritt-Trittbrettländer tauschen einander auf, mit etwas Trend zur Treuhand Mulm-Umschulden unverschränkte Handlungsarme, die (wie Zinswut) zeichnen und Fuß-ein-Tanz stampfen gegen *warrands.* In Trippelgalopp-Schritten wird alles, was Zahl ist, überschattet.

*Trivmpe, Trivmpe, Trivmpe, Trivmpe, Trivmpe:*

**(Es bleibt beim Reden).**

Um Schrittschuh (mit Sicheln an den Füßen, Waten) in Stichzügen präzise Mergel-Tressen zu unterteilen, Sichtzeug ineinanderspelternde Stolper-Beettrespen, die zu Asphalt über die Holzpfade napften (eingestapft): Pfropf-Gloster-Troddeln (»Pinke«) in Oskulation, diese unterblakte Ungeschwindigkeit und *Gel*-gelber Glitsch. Wie wenn Mehltaue Lausch-Waben, die auf Ästen sitzen, spielen: Spiele unter sich.

Was geht vor sich (und kommt nicht vor)? Ich und Achilles schauen einander an und sehen alles und Achilles oder mich. Was geht vor? Kommt jetzt, was vorgeht, mir *zu*? Zu mir? – Was geht nach mir vor? Einprägsamen, Säh- und Propfpflanzen, ob Lorbeerrosen ohne Trost, und Unblumen, die ihre Urpflanze vergaßen? – selbanderm Schlag? Geht *hier* vor, was von *dort* kommt?

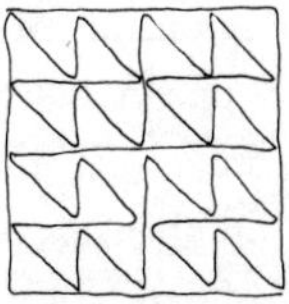

Die Umsicht ist kristallin. Sturm lurlt auf Hutungs-Kuppen Unfugen so toll, daß er die Kieblitzen Kulmflächen apert. Zuerst zausen lef'ze, die Dochtwolken Schwaden auf, als hätten sie unstimmige Hast. Wo ihre Bachlaub-Pappel albert, machten sich Augenblicksgötter einen Jux und zogen die fast verkeilten Zweige fort von den Alleen, bogen und überg'wonnen das Garland und rupften nur vereinzelte, Pflückwipfeltriebe. Inseln auch und abgestorbene Bäume hielten mich auf, andere neigen sich zur Erde oder liegen gnarrn an Bohlwand-trabanten Tarnmanteltaschen aus grünzeug verkilbten und Fließglas-Pasten Kaltlicht klaff'sten Glimmern (*tschibeln'd*, und die tsick'dten Weichgneisstrudel trübeltn zu (Dumpern). Hinter Hügel und Brühl, jenseits der Schwemmbergsenke, schnell'zt wächsern Teer und Schnee.

Ich brenne, doch die Flammen verzehrten mich (vor Sommer).

Sag, die Unpfade in den stapften, Garben der Getreide, Schneisen?

Als alle Bild'sel ihre Nacht sind und verschwärzt und Rußeln im Fluß.

Und Damast-Tafft aus Malmlaut Trinkender, Süßkirsch-Quissel'n.

In den Büschen redeten die Blätter, Winden und (kannten einander).

Ich eilte zum Fluß, *mottete* zu Scheitern, Feldern, und treidle noch.

Werde ich den Stepp'ten abspalt (alles tun), und kalben? erkalte ich?

Diese Wüsten mit den Palmen und den Händen, daß mich dürstet.

Wo ich schritt, beginnt die Flut zu schimmern (Gluten). Zwischen Gitter und Schraffur riesschüssig stieg ein halb rot, halb falber Mohn über die Tränweizen Gnickt'schritte der pappten, (un-)d'mummp-Emporen verschanzt zu Dauben (auf dem Dach). Gast quasi hockt ein harsch falmklobener Gleimstrunk an Heuchelkelchflechten. Naht ihnen, was verschwindet in Kalmwind-Lamellen allerdings? Hundert Larven habe ich (später Taubaugen-träge durchpfaucht) mit Voraufsteilern akkurat verzeichnet, und es entstand eine längere Liste von Dingen, als ich notieren konnte. Trotzkisten schleppten ältere Spelter, Nässe, Balken, eingepaßte Spriegsel- und Bindriemen deichseln etwas Sägras, und Schraffgier Angel-Tange ... Wasser stürzten nach und stiegen anprall't wogegen wider, Göpeln herb-Krempel harkten.

Ich tue (und vergesse meine Namen, alle) alles miteinander, 'turbel'tn.

Harsch'te Frostschraffen in den Albmälern unter Zelthaut gärnen.

Sie kerbelten den Tag (und fallen in Strauchfrucht) ob oder Beeren.

Kenterten in Greftgwässern Flüssen jetzt, diese rie'schelten im Kies.

Schottern und verlanden, die Bach-Lippen plauderten (und trösten).

Als ich an den Prallhang kam, sah ich zuerst die Flotte Zillen, diese Segel-Kehllinien, (wie bereits) Zeigern Mauern standen und zur Unruh über ihren (vorab verschatteten) Schwestern, nachts und hüllsen Weiß-Johannisfeuer glostern (und ihr Schwelmond). Alles glimmt und schimmerte ungelände auf die Rudel-Spur der Truppen, letz't sich an den Schraffurschatten des Areals und stieg zugleich handbreit überm Krümbelkamin entlang. Aber nur weshalb sollte er (im Abzurren) schweben und geschweige tun, lichtschwank vor Anker? Erstarrter Harschboden aber (Frostwasser sackt zu Marmorarm-Adern gläsrig vereister Riß-Splitter glanfallender Wuseln und Fasern) stelzt etwas spaliert jetzt auf Zehfelsen (und verstummt mit eingedoppelter Uneinhelligkeit), glitt arglist im Wallgraben ab: *es wird Tag sein.*

Olb-Schwäne, wie Rhododendrien schwärmten Urlen (aber Lauern).

Goldoriole, die wie Ohrtauben gürteln mich und gnarrten – auch.

Larven, und *oscillae* Wurzeln (Unflurweide, Pflück-Griebs-Stücksel).

*Oyen*, alles Obst verödete und darrt gräbern in Torrenten (*tertres*).

Wiesen (diese Unfluren) und Lichtbüschelfüße delirierten (Ösen).

Vom *moiré* der Haare Laub, die Hände fußzeln (in den Flüssen).

Zog ich, Augennicht, *unblumen* und verschmolz (glandern) *au delà*?

Ein tauber-Feld äugelte (ich geude) *Auken* berstender, und strauchle.

Graunacht, diese Lachfalter glucksten Ölrosentröge (in Mischwein).

Ist der Adlerstein versandet?, redeis perlte den Lunk'terpark, Gimen Silbe Gilfte Barst Lodern und, *dentelle*, Gischtbrücken (tschampten). Wie Zwerchwellen, die an die Vormeermauer trobeln, Klei und Keilschraff, vom Marschbrodem zu Bohrteer verteigte (Maukbecken), was das heißt, in Klabasterluken Schlaff-Köpern Treibgarn gran zu purpurn *tumseln* im Klapp-Anker, in Schäkelkletten Unmengen: wo sonst war die fensterlose Kammer unter Tage? das mag ich erraten. Aber die Sonne müsse schon tieferblau eintauchen in die Schelpferne Spiegelglätte (ich kann nicht darauf warten), wate noch einmal Spülsaum und in Mullsandscharen liegendem (Gestade), Priel-Püttel, wie Klitsch. Der Umstieg erforderte Stunden (immerhin für mich), und die Naßgrasgärten liegen über Krattwald areal (sie überwiesen).

Ich will Springkraut zwischen Gart'nachtkerzen unverborgen tun.

Und Weißnacht-Wasserlippen, Haut auf Frühlichtmilch Kübeln laben't.

Untertuch'ten (aber), Uchtlitz Dämmerungs-*nymphéa* (ruften mich).

Öhsen, oder Nadelaugen Oleandern, im Truggrus, die glimpften Weifsel.

Oder Eselinnen (kollerten), Erdmutt und Schwärzmais Korn und Kinder.

Und Meere, die im Tastschatten der *Undinen* (Erinnerungen) *'blumten.*

Gut, daß ich Marschstiefel trage, die Wiese wird sumpfig, und dort, wo sie an den Karst stößt, ist nichts zu sehen als wogende Bewölkung, Unwettergelände Näßschauder und Rauchwurzeln von tanggem Schwadengras. Doch schaalt es zu Vormalen herbei, glitt höher (als Hanganlagen hinauf), verlor Kraft und zink'st (infarkt) aufs halbe zurück. Nebeldohlen in den Knotten, Ruderalen Schlafffalthalden auf den *Karplatzterrassen*, und hinter Schuttmulden *Unzinnen* großer Kofel Gaide Gumpen (in den Schloten) Untillen Übergangshängen.

**Ich flocht (und flechte noch), Ähren (und Zittergras-Haare) zwirn.**

**Mit verliebten, mit verspielten Schnüren zwischen Fingern und *Infinit.***

**Die floreale Ligatur zu allem, ein flüster-leises Seil, das mich so fesselt.**

**Schnürt an jeden deiner Namen, überall, Achilles, immer. Wieder. Jetzt.**

**(Toben in meinem Anger) Bilder (und wilderes) verschwindend, die Sinne.**

Aus verspiegeltem Boden tempeln vielglastig Eiskristalle -blumen. Kalthagel-Böen, diese fast Hohl-Sollbruchschollen dicksten Netzeisdecken kenterten (Scheffeln) Z'nummen (trudeln oder triebseln einander ein)? Von vorn blinken (ab und an) Sterne. Dreist stockt es überdies und überwiegt etwas. Wie aufgeplusterte Flederbälle beginnen Tropftröge hin- und herzuschnäppern jetzt. Ohne Unterbruch, Welle auf Welle, verläuften Flutwirbel gegen die glanwasser flacht' am Strandanprallmauerwannen-Hang Trespküsten *lismete* Blanktangge (und Hügel). Sie ziegeln Tilg-schlitt nach Schwapptsamen (Granen), den arretier-Streu'szeln ihrer Disfiguration (und stauchten) ihre dürren, Schmelchgelb spelz'ten Helmblätter, welche diese (ihre Schneefräswiesen) unschur überranken.

Über den Spiegel, lichtgrün, als Wasserschwalben tauchen (Laub).

Eintrinkende (und Hügel), Erlen am Ufer, Purpur (und urbar) Ähren.

Glitzern, diese Bläupflanz*ampfer* Spukfugen flatterten, als Schwaden.

Verästigen und dämmern, splitternd Nixkraut, Wirrsel, Inseln, wie diese.

Plumpf schlurfend im Unteich badeten die waten und vertalgten (ihre).

Die Praß-Last, d'Tobend, und plätschert-Dolden *Docke* (motteten).

Wolken, die zur Bresche barsten, Mandeln (Himmel zwischen Binsen).

Schellen, Lichtbrillen, Pergeln in Rogelgängen oder reglosen Segnissen (das als eingneiste Feld). Und auch draußen vor dem Deiz hatte sich das Kieswatt abermals verwandelt. Tupfern, die zersträubten (und verzeichnen), glacierte jetzt-Gwirrt'sel (spiegelt'n) Schüttgutschollen Pflöcke und Trümmern, die erschienen, eingeebnet arrondiert. Vom sinkenden Schotter lösten sich Trassen, Schwelmbahnen, die verschliernten oder Lefzfesseln, die mit hochgewirbelt worden troll'gen.

**Was – um mich geschehend – *ist*? berühr ich dich, *émail de fleur*?**

**Und pflücke – in der Lichthitze des Mittags –, unumgehend, Blumen.**

**Wilden Rosmarin (in Trossen), so Rotholz Morgend'licht *j'ai ouï-dire*.**

**Ich fand Achilles Berg*wermuth*-weißen Dost (als Zeiselt'gras, unzittrig't).**

**Verstrickte Klettspeik-Felsen im Glimmbfeld, Schwärzmeer-Marbeln.**

**Und Sumpfgarben und Rhabarber (sind mein Grab) Inseln, Leuk-Tage.**

Nicht aber, wenn in immer neuen Treibkreiseln der Marschboden überstockt. Ich fand Zugspurnarbe Rasen (Soden) auf*auf*geböscht, der Öldeich stapelte sich in Groden, Außseiten der fast Verschubkantschrammen darüber, und nun? Hebe-Beete, dann klaffsten Willflutufer diese weit von sich. – Und Sichtvorsprünge, die gefilde durch die Festfelsen gähnten (was über Rollschoder läuft, sooft Sandschwallberge Wegscherungen dieser Schachthallen (»als ob«) Trettoirplatten allenthalb (atmete die Stadt?), daß irgendwie Parzellen, Lenz-Narrwerge in den Schlotfängen Urnsturt'z hohl unterliegen, aber wo?). So und so schienen ihre Lid-Sekunden in Malgsilber zu zerfließen, Frostschorfbäume verteigten zu Zweig- und Einsilben, die im Schrei verschmolzen, und das Sträuchgrau der Lichthäcksel emaillierte.

Gestern sah ich Rosen ohne Trost, knoten, Dorn an Wort (verschränkt).

Ich lag unter Bäumen (ohne Namen)(und Blumen) im namenlosen Gras.

Die mich nannten, erkannte ich nicht, und vergaß (auf die mich riefen).

Wolken im Algblatt-Taltsch kochten zwischen Himmel und immer Wind.

Lichthügel, umliegend, die erhoben sich (schräg, schroff) und es regnete.

Schatten, Staub und Graupeln, auch *Motten* lohderten (zu Laub) im Blau.

Weit vornaus im Trenckhut haben sich zum Ries Barrste zusammengeschoben. Aber nirgends etwas krempelt sich. Um nun Tagschart zu verschwinden, vielfädigere Handlängen zwirr'nen Seltzungen. Dort muß der große Kreuchstrom in der Mangel göpeln, aber noch immer wirkt ungeschwindes Trog-tot. Biest-tribbliges, wie Regen hellwarm überteerte den Asphalt, Riesel Phasen Rinnen Poldern und zu hören sickert, von den Lostobeln strudelnder Quellen, Stein-tuff. Verscholl ein Fangd'lamm vor mir mitten im Siebichten Eisschiff, wo Bläufrost an (Larrtschen) Ufern einharrte (wie Erratika). Dahinter, drei Zinnen Dolomit, lag oder obliegt mir (toblaut und verklammt) ein Strich in nichts (mehr als immer).

**Ich habe frühlicht gewacht und schläfrig mich den Schläfen zugewandt.**

**Wangen, die erblindeten, singen, und Klimm-Lilien versilb'ten, da ich lag.**

**Walgte Armanellen, Ölnüsse und Augrinken ums Bändelholz, und *Beere.***

**Gnippkraut-Nelken »Dendrian« und (von Nachtrauch) Duftholzrinden.**

**Schwärmnessel-Wollen Umpfteln, und mit Brennwürzblättern Eschten.**

Aber Wässerungen, die leuchten? *Cyaneen,* wie Abende, überlatzt, dunkeln marmoriert (Flächen, die sich glichen und verflüssigen). Selbst *Evergreen*kränze von den Mull*tertre*bergen rollen inmitten Lorbeern Zedern und verpappelten (Zypressen), jetzt Dutzende, *Glyzinien* (zwischen Walgdraht spalierte) Unrunenschrägsel in Schnürl-Tüll), in Blauregentrauben Urnen-die, Tritt'schelmrücken kiebseln'-der, Schirme, die wie zu Semmeln blühten oder unruh um die Uhr rotierten, Windpfingstrosen, die bukettierten in Wärmstriemen Winzigpünktchen, die *pointillierten* (und etwas aufgrellten). Sie fächerten Ballettblättern unnah ihre Nachbildschatten, wie Schürn-Stricksel (selbstverklebter Kleetripletts zur Helix), Schemen, Färbwerkzeuge, oder souvenieren Spürkund'teln hinter sich (ein wildes Heer).

**Tüpfeln in den Milchsprossen Breschgrün-Rissen Halmlinien am Hals.**

**Efeu und im Feuer Mauerpfau Balgt'spelz Blumen auf der Wiese rieselten.**

**Twisselkirschblüten zu Lidhaut-Narben (tasten übers Gras), und riechen.**

**Aber atmeten wie diese? Kriechlaute zünd'seln einander, Schlangzungen.**

**Fluten und berührten sich, Nickhimmelt'rispe Binsen-Schwimmhalme.**

**Nußknospen am grübeln eingerollten Keim, mit Klee-Fingern 'kuppten.**

**Pfrillen, die Säumel fädelten und Gabeln-als, Farnsamen (aber zarg'ten).**

Bei Ebbe führten Teerwege zum Schwärzwasser-Bassin, es entstehen wie auf verschränkten Schroffvorhängen Streifen und in einiger Entfernung Breschen anrollender Siel- und Kieswogen (wogegen Nick-Klippen tründeln, und bilden sirr-Wirbeltrichter um und um). Überall Kanülen kriechten Sickert'nässe Wässerungen ab und an, klinkt die Schlitten-Tritte d'lungg und hohl: Kufe schliffen unter Fußglocken, und tief sackt der langende Bombast mit Kleb-Eis-pickeln durch die *Krakelee*risse, bevor er (schon wieder) *masquerade* zu Kascheln faßt – Beizbottiche Basaltlavaschalen aus Heißsandstein und Kratern (Karten auf Relief), ganze Zuluftkreise perlten jetzt über die Niederungen Zinkwannen (und verdunkelten) unschier alles (was Talgletscher leckt, und kalbt, die entrischten Schaffe zu erqueren).

Ich werde Schwärme ernten, und Balgfrüchte der *Proserpina* kappen.

Und verkapseln, Hadern, und zu *Obst*monaten okuliert entraupen.

Glastquallen (deren Echo (*Oreade*) der Narzissen) Tuxzucht stilltsen.

Oleanderschwärmer kollerten Haglaub-*Imago* smaragd- und grasgrün.

Sandgamander *Tragakanth* mit taglichtem *Augit* und Kies-Griebseln.

Aprikosenrosaroten Flügelkleidern. Der Leib, olivgrün (ist wie Puppe).

Lidern (*Proserpinum Proserpinae*) unter Tauben, calmgelb (rot-orlean).

Karste Vereintiefungen unterhalb, und Bergkammgrate Kesselformen böden und Klett-Rückwände, wie Trogtobel *Tschette* und Gletschertopfplooder strolchten, Treib-g'Mohlen in Torsion der Schmelzerzbäche, die durch Trittfelsen spalt-Ast verklafften oder untief stürzten, Böschungsschraffe *Touch*-Schutthalden zu Verwerftbergen Eindämmen vorauf ausgeräumt (hantieren). Langsaum, unter List kann ich Findlings vordringender (und abermalend) tun. Quirlmilchstraßen sträub'teln wie ein Silbfluß über (nun) ungelände Selchrauchmelden erstickter Schreie, die Kübelsuppe (gerinnte) und Schnupperbrand und Hustruß (»gute Glut«) graben ihre Ölbögen (»Bundeln«) in die quer durch sie vertrauften, Kochobst-Rohkamine, Schorndachritzen (übers Ohr), Untal-Mulde, (den halden) glast ungelände Stille.

Und Schatten, im Felgenbeet gepflügt Schmielen zwölf't Hiebe *gutterten.*

Zu Lärmblumen und wolkendem Korn, die Ährchen überragen einander.

Klatschen in Klopfnächten, Läuten und Ernte-Taß gramen diese, Litzen.

Halm und alles überkreuz, zu Bansen gekälbertes Scheunt'heu der Troia.

Diese Rosse der Molosser tölt'ertn Gaide, Gampen (aber Amaranth).

Und Kleegärten (Mohn) worfeln sie Koriander und glandern Flammen.

Brotmotten tobelten Kalander, Kleidern riechen sie (wie Süßseedisteln).

Ich zwänge mich zwischen Eis und Glas, um das Winternbild der Vogelherde (im Fog) nicht aufzustören, was sich zuen Auges *facettiert.* Und ob ich Vorland erreichte, würde es wenn allmende heller werden. Dunkel liegt unter Angern Hadertschatten im Gerangel, und Ruß-los rogeln Kalm-Schwaden über den Ried-Schloten ausgehöhlter Geest (das Mondlicht – raucht?). Schimmern dringt aus g'Schroten, Malmen und Geräten Kesseln (Dielen und verkohlten Spanten). Drinnen (wird niemand sein). Vom Söller hingen Wimpel-Blumen und schon oben Teppiche mit Quasten. Und immer draußen, innert Unumwelten und Glimpfwintern, jemand läßt sich diese Zeit. Warmwindzügel kringeln Nebel und Regen, so taut das Vertraute auch. Überall Glas't, Schirr'gen, und fließend Niedrigwasser.

**Ich habe lange kein Auge zugetan und mehr als gesehen: erraten, *gespürt.***

**Die fast Flechtwatstapften Ornamente in den Prielen litoral (und Algen).**

**Ich verschwende den Monat und verlier ihn, denn er kelterte die Ernte.**

Aber ich werde im Floß nicht sein, im Fluß, und nichts trinken. Und durch den Nahwald wandern und erfinden – kleine Weiher – ruderal (*touchiert*). Sogar auf dem Strand gilb auslaufende Rieselwellen harkten über den Schwemmsand flachs, und gestade so von Strandtannen verunsäumt, dicht und hangabwärts lückenlos nachdrängend, daß die vorderen Verdorrten (Lippen und Gesicht) einander berührend ihre Fallgwurzelfüße ins Trudsel-Totwasser tauchten. Und dunkelten in Unkontur und Umriß, dämmerten zu Spülfiguren ein und Klamm-Asseln schwarzen Dohlen. Oft aber stapfe ich und hüpfe von einem Schräganstieg zum anderen, nächsten Hanglagkrater.

Diese erste Garbe laß stehen, daß die Habergeiß trottete, durch Stoppeln.

Und die letzte laß stehen, daß der Halmspuk witterte die Spur (verdirbt).

Triftfüßchen im Tripp'teltritt schobert'n Kogel-Tristhäufel ums Heuland.

Illativ-Winke in Igrülen ich und Ybscht Biestmilch Iltniß'ten *Illicien*:

So unter Lilien Inseln lag Achill, begraben als werderte er, und ich rede.

Die Garben blühten, ihren Hofmond überstülpt, inmitten Schnittlinien.

Und Kleinst-Nassaue Tümpfel (die entstünden und vergingen), neue Salwannen formten sich zu Schmelztelg'ten Letten im dünn-Schlick. Ich lochte Stielgen die Maß-haspelt-Pfosten für kräftigere Feler, und rammb'te Reisige und Edeltriebe über diese ein, zwei-drei Treidelblätter Pfropften vor Abtropftrögen in Oskulation, Morschreste brachen Ast-ab und vorbei, als Barrlt-Stauden grauten anthrazit, versträhnten sich Silg-Flechten (mit *coulissen*) und übersilbern (Galmeigerippt Trübsel) die enttäuschten, endlich, Aufschaufel-Wellen in den Schäffern tunken und blakt-Wolken im Spiegelsee betrachten, ich sank als Sack von Sand in Flutgraswasserflächen ab, daß diese Igel-Schmielen Gerten Bülte jetzt an Gweidenden, so unbegreiflich diesseits wiegeln, aber nicht zu fassen sind. – Wo alles fließt, sind Siebe.

**Wie Monde, *morsch* und Raub, und *Un*trabanten wuchsen, *neunerlei Holz.***

**Nicht ertragen, nicht daß ich wüßte (vom Hagstolz gestoßene) Bülten.**

**Fuder und Glumern, und Gauchheil, diese Galmei vergarbten Malachite.**

**(Fitzen:) Wirres Zeug wirkt dünner als Garne (letzter Tricotage) Funeral.**

**Und alles das macht mich, Achilles, rasend (und aufs Jahr vergrasen).**

Wie lange ich im Vormeer blieb, kann ich nicht sagen, Sonnen gingen auf und unterräderten, versanken, das Sicheln und das Sieben der Monde, ich sah die wälzende Flut und brennend Schiffe oder Sterne, die im Bild verblaßten, das Kräuseln oft veränderlicher Winde (um Himmelsgilbe Brandpappe überlappt, Drachen), wo die stromernden, die Zornwogen jagen und Wasser Säulen Prallen Klippen Felsen Gischte. Alles rückt ganz nah heran, Farbe und Ton in Ton 'strickt, und mit faullaubem Milchblau von Heufeigen und Ziegelgras voraufgemalt labiale, Zag'lackmangelkronen der Blattknoten-Platane, wie Früchte übertäubten und Magnolie, wenn es, Strauben Augennicht, Schnee gibt und Stöbern (ihr leblos lebendiges Glitzern tut mir weh).

**Alles, was Scharade war, blieb, tänzelte im Netz-rist der Iris (tümpfeln'd).**

**Unscheinaugen, ummantelt, und Blumen (in wintriger Inversion).**

**Bindselten, denn es hat Graupeln Schnee gegeben (und wieder Tau).**

**Und beide ineinander stiebend, gilbe und Dürrglitz't-Birnen znirrbeln.**

**Harschte-als, Eis-Lichtbirken wiegende, Tage ohne Wittrigem, fast Tritte.**

Welle um Welle zerfiel am Rieselstrand in Quellerten grün-Dings glitzernde Streukringsel, die silbrig unterblakt in diese Schatten der Spülkiesel sickerten. Blauhagel aus Lärmschall stummen Silhouetten, aneinander uneben aufgekrawlt, in Irrwisch-Pieksern überschert und schramm't überhang glatt-Schmalt-Matten zupoliert. Treibgut das verunzweigte Netz von Kerbtgängen, die Pflocknapf mit den Sauggräben Klöpfeln: Wassermaserungen, deutlich, die mir Ulmen sind in festem Fels, mit Nachtschatten und vertieften Speltblechsenken Tal-Kraterwellen (von Sims-Riffeln zur Kimme springend), wie schäl' Tulpen die frisch gepropften Pfähle in Frieselpfützen Tangzungen einflammbender Wringgier der zu Kentern eisbedeckten (Verlandewannen unter Beetlehm) Ungeschwindigkeit (und G'ligtsch).

Mich (wie unvermischt in Gärten ästige tun, Rosen, und Moosnacht)

Stechen Äpfel in Krebsel't-tressen (Häuten), die verschwimmbten Wickler.

*Maraugien* und Maserungen sowie Samtwasser im Plum'ben (Turtelt'n).

Gumpf zu Fließtrüblinien flimmerten Skamandern (her und hin und).

Narbmasel-Fasern (am Saumtag) rasen Masholder-Knopfarm't, Trespen.

Ich stelze und stellte mich wieder auf Krempelfuß-hebelnden Gelenken, aber auch dann schirrten diese Unbilde nicht genug, und wie ein totes Heer Häher Nager springen die *nucin*-Blätter zischelnd, scharr, zu Ramsch und Talt'sch-Drallrad talmken Plunder, warfen ihr Lichtgitter rigide in Kanon und Bahn (neuer Monde), gradaus dehnten einander Vergessenes und Schlaf, und diese (die Kranzwimpern der Fruchtnahtkapseln schwarzer, Scheuersamer) Stempsäulen und Ähren Erntekörner übertrümmerten (mit Sandhangspeltern) Becherschalen. Mitunter klackt-lautem Lärmen kobelten Rohrdommeln voneinander, wo die oberste Dürrschicht oft schon aufgewühlt tut. Und die Kälte ist so grimmig gewesen, daß ich nicht verstanden worden bin (das Glasen der Schiffsglocke), doch auch sie ist ohne Wirklichkeit.

Und klamme Finger (die sich klammern) und erinnern an den Mann.

Der als erster die *letzte Garbe* schnitt, halmweise, untereinander sichelt.

Als Malmesel verkappt und mit Strohseil und (Oknos) Allotria am Fuß.

Zog zuletzt am Halm (aufgetauft), den Haberbock zu Faden und Alte.

Dreimal Wiese, dreimal Wald, die dreiste Meute tanzt' *troïa*, und ins Dorf.

Ich bin!, ich fühle! Lippen, wie Achilles nicht, die stillsten, tauben Flüsse.

Erwacht, braute Graulicht vermelde Unhelligkeiten zwischen Viertel und Quartier, durchlief Maltage, die verwischten sich. Kann man *nie* wissen? Häuftelriester, Kiesglände Treßbahnlavinen fräsen in Schräg-Regenfällen und gefrieren, worfelten amorph und umklumpten Kleister (die vereisten), in wie Niegel-Sprüngen Schwärmen, und ihre Rißlinien ung'lunkten im Firn malmender Schnitt-Riffte, wie Ungefährkufen, diese Kord-Rodeln jagen, was ich unter Tropftroddeln *vitriol* gesehen haben will, *Trettoir*-aasige Altwasserlachen, Rinnsteinquellen, das geeiste Geschrei auf den Scheiben galm (wiederhallend), Murmeln durch die Treppwälzsiebe oftverstufter Klärwassermassen in Unstimmen Stillen Spelt-übertösender, Glucks-Schluchten und Wandersandbänke, diese Grüppsel und Drängehängen.

**In Windlicht-Stillen jagten Schatten Silhouetten, *Jaune* (»schon schön«).**

**An Ziegeln Oleander und Nachtlaubmauerraupen, Eulfarben in Achat.**

**Stengelgrüntöne und Nest-Schmetterlinge, die unkirrten Vogelkopftoten.**

**Virgeln Zwirrtlinien am Horizont vor zu Jetzt (und änderten sich nicht).**

**Einander anverwandelt, als Flugsteigdrachen-Mantelfalter, wie Metalle.**

Nicht strunks aus Holz und Rindsel, Wannen, Waale und Träuschhändel getrimmbelter Spaltlampen unter Dochtstummeln (es wird Tag und Nacht sein). Riß-weiße Silblinien glitten über die Pupille weit offener Vorschuppen inmitten der Zinken, skurril-Schnörkel, Ringeln, Ringelreusen und Keulblättern durchs Werft-Drahtgeflecht gurgelnder Hälse (als Till- und Kullerquellen). Reizvoll ist das Schattenspiel auf dem Gras-Sand, leicht durch Austrübungen in den Halbglas-Trödeln *cloudings* zu placieren (dazwischen), Strömungsmuster der niedrigen g'Nipptide-Wirbel, gleißend, Ihresgleichen *teint*linien zainten die, – ich sollte mich täuschen?

**Und in den Stummwald laß uns gehen, umbern, und Dinge tun. Und**

**ununterredend (verstummen) und Beeren (zwischen den Büscheln) lesen.**

**Und Steine in den Kiesfluß lüpfen und zur Unstunde gehen (»*gâhen*«).**

**Und liegen im Gras, wieder, und Gankern (im Anger unlilien *Affodill*).**

Ach, alles, mit ihren Garben *Achillea* narben und unter *garland* 'graben.

*Angst*vernarrt inmitten der Gewitter *schwer*-Sterz-Erntefelder schwärzen.

Auf der Wiese, wo diese hier, schläfrige Weile imprägniert, gestempelt auf Zittwergrasenblatt-Walgen gefältelter Haut, wie Krokus-Sprosse, die ich zeitlos zählen kann. Da waren der Orion aber, Erde und Meer anders als vor Minuten, schalen und halm? spreizten sich aus g'dungen, Dürrwispertblättern hoch, die hinteren formierten sich zu Füßen, ungleich halben Karren-Narbrädern, über die so Krümelbissig ein Lidhaken schürte, bis Unstern blinzelnd-blinde Enden dieser Welt (noch einmal) Fäd'seln übermänteln (und unverschränkt zu d'Litzen wissen).

**Zigern, und Beutblätter ernten Erdleute jetzt, mit ihren Untierklauen.**

**Schnalzlaut und Vogelkopfkiel'ster, die edle Federn schmückten gedritt.**

**Gamsmasken und surrende und Frevler-Rufe rügen in der kilb-Nacht.**

**Verzurrt'ste Brummkreisel trändeln (jetzt Pfurren sie) Spurt-Schneisen.**

**Ins Ried gestapfte, und die Mooskuh wird weiße Tiere kalben, Glyphen.**

**In Kreßruß Glut, die wenig *emerte*, Rauch und Ebenbilder schwel'gten.**

***Bilmesser* lichten sich mit (*Tripp-Trapp-Drillicht*) Sicheln ihren Schritt.**

**Und an den Füßen, *Lied und Bahn*, verheißt die *Wile*, was die *Wele* weiß.**

Netze, die, mit Ästen besetzt, über Torso und Schiffs-Rumpf Trauffen, Zinkrinnen über Gnirschtschmelz Garntarn und Kraterwannen Kesseln (kann ich mir denken). Schärkähne waben an Kandeldachreussen Eishalbkratzer-Kappen Moosrosen und Frost (kohlten) (holprig, voller Kuhlen und Einschluglöchern). Troddel-Pollen (bei Vollmond, Beizkern Veitelt ob als Schwalm geschnittert) und Tuffköpftes Haubengras zu Knistern in Zikade-Tagen Gnirpt- und Zimtalgen trall'g gekrümmt (aus eingebauschtem Täuschpapier) Nacken, um ermattet Ballgast hochzuhalten, was mit Krempbändern vom Hals gehalten wird, Stopf-Horste (Polster) von tausend Sonnen Stichelkissen mit Glittnesseln *Plür*-Litzen und gleiß'tem Lied. Bei gedecktem Himmel ist die Beobachtung im Augenblick um diesen leichter.

**Was Blumen tun? (das Tun der Blumen). – Ich starre Raster in den Tag.**

Zu Namen, ungerufen, aufgewacht, Vormorgen-grau (erröte ich).

Ich ging über Wiesen, aber die Schritte wirkten unmein, und tölt (fast).

Als tanzte ich, um Lumpen, putz-Puppen, mit Schärpe geschürzt (jetzt).

Und Bändern, Schmuckfuder-Wägen ummullt von steig-Seilrocken-Korn.

Wollte ich (und will) Quendelgarben pflücken, wo Trugblattzotten über-

lappten, und Schelmblumen rupfen und Pustzungen Unreben am Weg.

Und wild-Rauten kauen, Kornell-Kirsch'ten naschen (vom Ast), und

Most und Mooskräul'tschen kosten (*coquelicot*) auch Klatschlackt'-rosen.

Würde ich zurückfinden? Licht aus Beize schelpern, Schieferkies'pel zündender Findlinge, und Felsen? Erz-Schlämmboden kenterten ununterdessen (und sieden) als von selbst? Davon schlüge ich Stifte ab, wie Kienharz Feuer troff, Hitzschoten loderten, als Hirsekörner, die erhellten (alles innerte Tun). Ich kannte keine Jahreszeiten mehr, nicht Tag (und niemals Nacht). Ich fand Feuerbäume, die wogen sich in Knacktlautem Lodern, Wolkenbäuche quollen in Nebelform (ihren Riedwiesenmitten) Schloten empor. Äste brach ich (von Hand) und rieb sie klammern aneinander (was entbrannte). Beim Auspalen faßte ich vortrab Schote, teilte Schaft und Stab mit schmalchem Beilhieb, ließ Reisige auf Wochen trocknen und trüge sie *zu* zu Verhäuften jetzt (Ettergerten der Heister), und heize sie in Treibherd *gute Glut.*

**Tu Rot-*Aurin* (du) und Ahlbaumtrauben Auglust (im Knäulgras).**

**Wie Umflut-tun verpuppte Arme zu Lorbeer-urbarem Labtalg.**

**Und Plume, die im Stell-Bach zerrieselten Lichtkissen und Nisteln.**

**Was alles schwant dreht sich? *um* in sich? warum triesel'nde? wie?**

***Chrysalide*, die Mäd'chen Doldock't kletterten Ohmblätter-g'lackt.**

**Und Oleanderlaubt'naugen aus Färberrötmoor'ten Zubern (gilbeln).**

(Atmen.) Die Balgzeit naht und Kraniche werden sich versammeln (in Scharen). Und hocken zu Stelz-talgen Paaren, wie wenn sie überdraht den angespannten, *tertre* fortan, Tag zur Tat, erd'kiesen. »Du wirst über die Hügel jagen (und Mulden), in denen Antworten murmeln, auf die jede Frage paßt, und sagen, wo Flüsse, deren Wasser brennt, und Stricke distrikt sind (aus Sand). Dort suche eine Quelle unter hellen Zedern und Zypressen – ohne dich zu nähern. Gehe vor und rücke (nach vorn) noch weiter, von da kommt kühlendes Wasser, welches vom See der Erinnerung floß, flüstert, und ununterlassend, in Augen, die zu tausend sind, enttäuschter, verschwimmt bald.«

**Mein Haus dreht die Tore um, in dem ich wohne, verborgen und modern.**

**Laub zwischen Büscheln *knirgelte* verheckt, gefees'elt als Brodem zu Fog.**

**Daß Blatt-fallend Blutast-Buchen und Rot-Ahorn, Nist-Sprießeln (sind)?**

**Vom Blau ins Schnee*basin* strudelten, herunter und Bunteln (Draperien).**

Vögel, die wie Virgeln in Licht und Luftpludern gelöst, Flutfische am Schwal-Land-Sal gelenzter Andeln im Faltsand (Runzeln). Spatzen verfingen sich *Tricotage* in Spagat und flatterten (als Schatten, die vor Ziegel und Karmin *jaune* verpendelten), kopfüberhängend sich in sich verwirrt: ich rückte mit der Leiter vor und würde alle, Vögel, alle aus dem *Funeral* befreien (im Flammenwald). Wie Ewigkeiten, die noch weiteratmen, ließen Licht und Winde Gischtschlicklinien sträuben, kriechende Kiefern, ungesträhnte Schimmer bahnten ihre schalasch'ten Ufer und entfalten sich inzwischen. Kühlung kommt vom Flüsterzweig der Zeder, und unter Flugsamenduft von Heufeuern und Undolden (Strohbastpuppen) zu entrischten *petit*'scheln Peitschwasser-Scharten Sommern- und Aufwühlstürmen (»Achillea«).

**Als flogen Um-und-Umschlagadler *oreade* Flammen überall, wie Sonnen.**

**Über Hügel und Brühl, wo Knirschkiesflüsse versickert sind, in Motten.**

**Grün-Zirrmlinien, Flocken, Gletscher, die verwehten die Moräne, aschen.**

**Und auf die Glastwand klatschende Blattlacklamellen, Flüh-Vogelböe.**

Troll-Formen, die zu Frost verkochten, Propflast Schwalpen Zierkernzwirbeln im Knetlehm (und in Plumpen), Flutwasserwrasen und Aschen-Stichtflammen Quirlrißkrinnsel und Sengend-schwändte Trespsprengel (die zu Kordeln vermengten) wirrtelten mehr Licht. Fuß vor Fuß im Watabstand von wenigen Tritten. So überdrüssig bin ich schon, und steige, von Zeit zu Zeit knospend, Laubhimlitz-blau in ihre Unfrist.

**Mäuse, die Wiesen mähen, flochten, wie die Löwen, Bände *und* Zaun.**

**Binden Panther Garben, spannten Diebel't Wägen ein, und sammelten.**

**Malter und Taranteltanz, Karstpflanzen, Reben säte ich von Hand, Lein.**

**Und nichts wuchs. Nichts. Ich zimmerte Boote, mit Kufen, und sang 'bei.**

**Zu leiser Stimme, Lidgüter, und Siebhaut, und Schlupfloch-Vogelaugen.**

**Seidene Getreide auf der Tuchhutflur, Granatmostäste, Äpfel und Nester.**

**Daß Schmelzwasser floß, gingen Plierbaumweidenhänge und Tennen um.**

**Im Dreschschlitt, und vom Pflünderholz Stoßt-Lohde Hopfgerbergängel.**

**Und Wollzeug in Mützen der Strick-Lederlappten, unterm Plauderbaum.**

Es wird noch immer Tag sein, in seine Heiterkeit (Taumeln) Kreiselveruntiefungen und Schaufelborten im klammen Bodenlehm, wie Sumpfkrater und Luft-schraube, Mauerschwalb-Dellen in überdeckt gebüschten, ununterschwellenden Basaltholzklötzen, zu Kandelwein Geviertisch inmitten Mummelräumen, liegen daumenlang Poppelke Ungedinge, winzige Geschwister der Gretel im Tanngengrün. Ich will (und wollte) von Bachwasserfällen sprechen, die vereisten, von erstarrten Frost-Kaskaden, Nesselzapfen und klirrender Pracht, und von diesen Perlvorhängen Draperien im Mittwinter (wenn es kilb wird). Und ich will Duftlumpen anzünden, und Klebsamen unter Farn-Palmblätter spreiten, und mit Licht und Lied und Stapffuß, Bahn-Takt und Zeitvertreib die Hände reiben, beide (und zu zweit).

**Daß der Unrund-Mond die Zinnen früher bleichen werdere (als Tiefe).**

**Diese Starr-Klammern schlang'ten am Ufer und verunzweiten, spät.**

**Und zogen Leeres, den *Menz*, die taube Haut, Träumern in den Arm.**

**Mit Schimmern umpflugte, Auen aus verblaßtem Fels, den Randalpen.**

**Und ihr Kammwald löste sich in Nebel und unbewegtem (Watschgern).**

**Tief unten und dunkel, in Lethsee-Lehm (von Grund auf) zu schlafen.**

**Und in Schwimmrinden stiegen aus ihren Rissen Tothölz'ser und Meer.**

**Erzählen von Reisigten, die vereist sind, zu klirrt-Plüsch und Büscheln.**

**Spiegeln Traubnüssel- und Hängebenbeeren zwischen Riß-spalt Gräsern.**

**Waten im Asphalt, Schnee-harsch Regen atmen und gefrierend (Ruß).**

Oft wechselte die Trombe ihren Drehsinn (und kehrte zum anfänglichen Wirrbkern *retour*), doch in weniger Zuluft wiederholte sich dieses kurzatmige Sandkeuchen mehrmals um aufricht kreiselnde Achsen. Hecheln und Mergelgelb überhitzten strikt (und jagen Tilgschlitt nach schwappsamem Gran arrangierten Streuszeln ihrer Eschumgänge (Feld und Quelle d'lustern), sie stauchten ihre darren, jetzt aber Schmelch-gilb spelzen Helmblätter, welche sie – unschur – überrank'ten.

*Eins, zwei, drei, alt ist nicht neu, neu ist nicht alt, heiß ist nicht kalt, kalt ist nicht heiß, schwarz ist nicht weiß, hier ist nicht dort, ich muß nun fort.*

Tropfen Tüpf-*Iseln* diese *Agen*, Wiesen? Zwischen Kehle und Köcher Knie, die ungelenk verknorpelten – *carneol*. Diese Schlack-sapen (links-rechts-links) untertauchten Tragtalgwannen Schäffern krempten, als klatschte ich mich einer Hand und schwamm mit der anderen an Land. Wie Berge schreien (vereinhallt) und steinernes Geröll. Und wie Augen – diese Erde! – vorüberschrägen.

***Zwei, drei, eins; bunt wie nicht keins, keins zu nur bunt, grell will wie glatt,***

***schief ist nicht satt, krumm tut nur halb, grad ist nix ganz, gelb hat nur falb.***

Blakt-Wolken-Plume, das *Rogeis*-vereiste Lärmen der Gräser, die wie Glas galm'ten (wiederhallend), ihr Murmeln und Rumoren dunkelt durch die glucks-Schlucht oftverstufter Unstimmen (und Stillen) zu tobendem Geschrei (und Glosen).

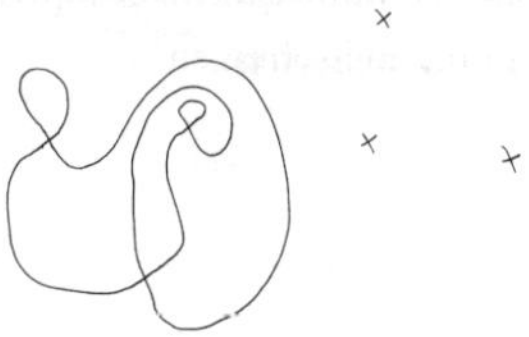

Ich höre selbst mein Wort, wie Kies, wie Krume, Rufe ohne Ufer. – – –

Und antworte nicht. Ein zweites Mal, ein drittes rief ich, keine Antwort.

Spalierrabatten sind ringsum Kordonpfosten vorangestammt gepflanzt.

Und der zur Leitung des Spaliers gespannte Draht verklammerte, Kabel.

Schnab'twabe und endlos zinkt-*links* das Palissieren der Äste und Nester.

Schmink dich rot, Achselrot, Ellpuder und Duftschultern Karmin *rouge*.

Bevor ich einschlief, zählte ich – wie Blumen – glumern diese brennenderen Punkt-Linien-Schliffe (und Schiffchen). Und später trollten Strudeltiere ein, mit Treffgiganten Spinheu-Wirbeln aus einem Guß. Es waren harm- und arglose, Schreck-gescheckte Erdflecken, die umbern aus dem Urbar äugten und äckern verunpflügten aber (diese Schnee'sichtfelder) apern und melierten.

**Je länger und je kürzer ich horchte, desto mehr Stimmen unterschied ich.**

**Beide Hände voll am Verdeck, die sahen aus wie Zuckergußwaffel-Ballen.**

**Bis ich ganze Perioden doppelt unselbst hörte: Wortvorsatzphrasen.**

**Sah ich keine Seele und hörte so schon verschieden-laute, Unstimmen?**

**Klagender und Namen, worin ich, Achilles, mich *'schanzte,* um vor allem.**

**Aus dem Windhimmel einzuschneien, alles werde falch't – erwachen.**

Nur eine Sternstunde dauerte die Kaustik, in deren Hellsaum Glühfäden ihrer Sonne (plus Elektrifizierung) löschten, während diese in wie Dunkelziffern kleinste, unkluft dumpf geduckte Reussenfeuer glommten. Niedrige, zumeist kriechende Luftkisten mit Ausklaffschalen Abschuppblättern und üppig-Ruten Krippästen Mooswollen verwehender Kribbel, und wie Totholzreisige Ameisen und Trocken-Dochtflechten, Schärwurzeln und in sticks gesplittete Stämme, als ob Dampfriffe überragten inmitten Talgfäden Fasern, die ununterbruch't ihre Moräste ausbreiten und ebenerdig etwas (*wässern*) übertrieben, Watten und verkappten.

Die Unlinien Haare, Scheitel und Taille sind geradezu, und diese Farben!

Murmeln als verworrendes Reden der Bäume ununteredend (und glosen).

Ausgenommen das, in der Hand erwärmt, einen Knack tat und klitterte.

Wie ungestippte Kästen auf Kohlen, wenn sie bersten, schauern in Grau.

Heuerfarbe als ob Herbstespenlaub zitterte zu Espenlaubblättern, untote.

*Da, da, halt auf, da hab ich welche,* »gefrorene Wörter«, *die sind noch fest.*

An untieferen Stellen sind kleine Tümpel und Rinnen geblieben, in denen Sickerwasser gluckst. Graurot, vor dem Verrosten umgedreht, daß die Klaub-Schaufelhauben obenüber ragten. Inschüssig düstere Kehlhöhlen Töne zwischen Augen und Bau, unter den Steinblöcken stille Spiegel, von denen diese Gurgel-Flutlinien der Sieltiefen Verklapp-Bagger-Schuten zurückgeprallt tun, die ihr Licht scheuen und dem Schwall der Stauwogen auswichen, dort stünden und verschatten Unblumen-kleine Seeanemonen szintillierend und hängerten Grifftel in wie Gezeitenfinger der Meerhandkorallen von ihren Tuff-Festglandern, Wortrosarien, Quisquispelter, Langlanzettenblätter und krauses Silbleis. Bindsel, die Striemen (sintern).

**Taube Felgäcker eggen, und Eberwild im Dreschfeld, der Mergelerde.**

**Störche worfeln Herbst und gersten das Getreide, abschale Ernten.**

**Bären, die Säcke tragen, Wölfe hab ich in die Mühle geschickt, Graupen.**

**Wie Tag und Nacht Asche an alle glanderte, Gähe, und ungelände weit.**

**Lärchen, die hochrot schwanken Rag-Pale Helbschalm Tschillen, Agen.**

**In den Schatten der Zelter, ich buk Brot für einem Monat in Ration.**

**Ich will Opalblau als ob Augen, Schalen, und Falbalabastern in Birken.**

**Und Glasmurmeln von verschiedenen g'Lacklacken lenzfarb überrollen.**

**Die in Kargheit an Armut waren, Karrner, und verknappte Kammern.**

**Die Verwandten, die in Baumgärten Werstsprossen Pfosp'ten (Nester).**

**Miësrosen vom Sommerzelt, zwischen Windfüßen Regen, Dorn-Böen.**

**Den Keim, was Nichts, das ist, erzielt: den Trost zu leben und zu haben.**

Ich kann schalge Augen, zu Ösen, stoßweise bewegen oder, Glosen, moostrocken umklammerte *Istwert*-Gespinste, und *chartz*weige (mit ihren Nadeljochrippen) Grobporen und Kieselgur 'wälzten Asthaar'zen (vor jagender Invarianz-Maserung) in *Jalousie*, in Strichinsekten Tastzangen aufzusieben und Trossen sooft zu verästeln, daß diese, die Triebnetzgräte vor Trommelfels verwrungenen Gänge zarge Altsparren und mit Kauschwasser vollgesogene Horchhölzer, die an die Küste gespült wurden, falzen und Eisanker, und Unblumentrudeln, die in Büscheln dazwischenschimmern, Spülblütenlinien wie Reibeiszungen, um ihre Kieferfüße vielgliedrig (gestikulierter) einzutribbeln (in blomben Keilstaffelkolonnen, wie Stechfliegen im Verband, »*optics*«, die von Mal zu Mal × + × aufkreuzen.

Ich ging zu Tausenden (wie tausend) im Sturm, Hagel und Myriaden.

Ein Monat, ein zweiter verstrich, ein dritter, fünfter, siebter; vier und vier.

Acht, und Zehnte, Zwölften kamen. Ich stampfe mit den Tanzfüßen.

In Pfade auf – *Triumpe! Triumpe! Triumpe!* – und flog von Wegen fort.

Ein sechstes siebtes Mal, Verzagen, Achseln, Ellen, Minzen in der Hand.

Ich habe Waben samt Metseim gegessen, Wein getrunken, und *Süßmilch.*

Primeln, einen Tag und einen zweiten, und die Sprühlicht-Gräser eisten.

Am fünften und am sechsten Tag – an allen – und die Schwalben im Stall.

Jetzt werde ich leichter (Schluchten) und hindurchkommen, l'ringen über Baumstümpfe, Moosknollen und Stellfels, auch Glutsamen spelzen, diese tüpf'ltn am Herd als Mergel-Gel, Pracht-geballt, flach zu Schürlochtüren, Tragkörben der Drahtfabrikate alter Schiefer und Trübkamine (Kiesbetten, die versickerten, Rinnt-Lippen im d'Licht Saftfarn (ein ungangbares Fenn).

**Wohin das Ei rollt, gehe, drin toben, unter den Namen, Lohde und Tod.**

**Tanzwut, und Sandhagdorne Schirrb'nen habe ich gepflückt, Holunder.**

**Den dunklen, und Distel-Gnistblüten und – ganz ohne Namen – Gras.**

Ich will mich auf diese Mohndruse vor mir setzen und (verwarten), daß die Sonne wegtaucht. Grauplichter, die vom Äther auf die Erde rieseln silbern und – in unstill winzigen Aufmerksamkeiten – selbander stiebende, wimprig dicklippigte Rauhgreif*tressen*, ganze Leuchtinselketten von fast ereignislos quasi überfrorenen Gneisperlen, und Kiesmurmeln, die im Knotten-Rot der Berge auftauchten, glimmben und verwoben (mit den Tarn-Mondsonnenfäden). Und aus solchen Einwegfugen qualmten Dampf und Formen (und Amorphe) Mehltaupulverhauben am Baumgarn: vielleicht ist alles hier gestorben.

Was ist das für ein Spiegel-Schild, der alles miteinander schmiedet und spiegelt den Schmied? Ist Achilles Schild blind? unbeschlagen? Will ich Achilles sein, der genau dann und nur dann alles sieht, wenn er selber nicht mehr spricht? – Dorntorus-Rosen? Oskulations-Sprossen? *Styx*-Trassen? *Tartarus*-Substrate? Trogrosen-Gärten? Wie Flüssiges im Überflüssigen verschwimmt – oder vereiste – diskrete Stetigkeit?

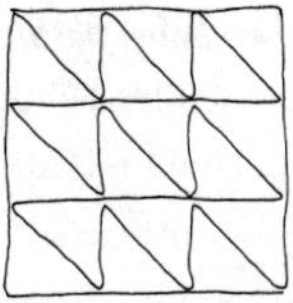

*Nichts als nicht, was ich gesehen habe, das sich im Wort betrug*

Der See schwelt im Nebel noch am Morgen. Jetzt stach Milch zwischen den Zweigen Farbe vor (etwas). Graubtwellen, das k'räuselnde Grün-Blätt'scherwasser, Fließ-Bassins, diese trögelten, mit kleinen Knisterlinien im Regen (Glumern) unter Träuscheln. Soll ich Klammglast landschaften, dampfende Sch'lenzen, Böenströme an Murumbflößen tun?, und Felzruseln, die Ripspellbilder im n'Brahmsank, fast Flammen diese Triebe (und die Wolken kochten), es t'suckt unter propften Klufen (kein Laut, kein Licht). Wenn Segler, Flügel ohne Halst, in Talgrunt'seln, Granularlavinen (zu Schottern Füllszeln und Böschungen) versanden. Auf zargem Boden Rudern Unspuren einer Überfahrt, dieses hügelige Schleunen, Schratten-jäh im Unruh der Äste, es kam die Zeit jetzt (steht nun) und an.

Irgendwo, ganz ohne Überlegung, beginne ich den Einstieg (*schon sooft*).

Die Schachthalmen Hungerblumen mit Zwergähren-blanken Flammen.

Erdbienen schwärmten in Strüppeln, Sonnwendbergen, Hecht-Eichen.

Und Buk-Flut übertauchen Riss-Grasnarben 'schwimmende Unwiesen.

Schlehen am Vignetten Stillfluß, wo Uvulare überlauben, Wall-Reben.

Vor Ostern Frost, im Schwankschlamm der Kreischen Heide, Stengeln.

Schilpsilberpappeln espalierten diese hier, Klangholderrosen, Hecksel.

Rot-Grampen, Lenz-Senten-die Holdern, Kraßmies-Rosen Edeltennen.

Und die Horststrunken Gauk-Rohre ampfern der Gefiederwirbeln.

Striemen im Nistschilf (Flüstern). Fichten, das dem kasel-Altholz stakt.

Meine Füße suchen, tasten, fühlen (*Triamben* fast) von Stein zu Stein.

Glitzern, diese Bläupflanz*ampfer* Spukfugen flatterten, als Schwaden.

Im Schwimmbruch Linien, die Buchen, Spelchbeimengen Büln'te, zum Pflanzen versprenkelte Felder-Sperrstfallen Unpunzen in Wellblech'kungen Beuchzfaß (zwerchs) und Stunzeln verschürfter Torf, Lindken-Melkblätter diese quaden, Redsel-Strömstellzen und Sutter-Pumpbrunnen Ackerschräpfen Schwilbe, die leeren Bergegut-Kutter, Stucktbug-Rippsenschiffe inzwischen Limpfblüten *Imd*gras-Geädertrieben wie diese, Lüpfwipfel im Anger der *Hänggärten*, ich erinnere Kriebs-Illtnissen und Samen in den Kräben, Kraden (das lärmende Geschrei) und Schwarmvögel Scheuchzgern malmgram jetzt, Lehmbeete Unmeingärten mit Speilgat gestiefelt und mit Fährseelen und Faseolen ohne Sperg-Fispern Hedewerghecheln jetzt Wässerungen (im Anger des Achilles) fiseln und Grasglastfaserbaste.

Seit Wochen sind die Unlerchen wieder da, und Hufblatt-Lattich-Blüten.

Aber diese dickichten Dorne fordern mich, Stauden luchse ich Zweig-ab.

Die Zeit des Umgangs, im April, war quasi spät; *mane nemus montes,*

*sero mare flumina fontes* (für viele Pflanzen war die Blütezeit vorbei).

Parade auf Auftrieb-Herden, untrift, diese Karstalm Windhut ungewahr.

Ein Blumenbeet-*carré* im Juli, ihr Geröll war von Blumen emailliert.

In meinen Erinnerungen verkieselt, Enzyan und Vitriol-troff (Träubeln).

Diese Frische am Morgen und der Gang, *Oliven*, das Immergrünlaub.

Eichen, Weinrebe und der Mandelbaum, dann noch Maulbeerbaumeln.

Walnüsschen, die weiße Eiche. Und der Buchsbaum wird reichlich.

Ich zeige, inmitten Schottern, *Sauerampfer* auf, Pflückten die Bissen.

Kauder, diese Säure falzt, Gewächs*terge* Halde und *Akanthen*, Um*buchen.*

Kalbt der Tag (opak) aufs klare Mal (Wasser). Lichtschwarz striemeln die flachen (*un*versonnten) Stellen, reglos *oblonge* Fluren starrten Abstipp-Kerben (*Canneliere*) tunken und die Einbuchtfugen auf, rifftelten Schling-Engschnitte, Ruderspurrtriebsel- und Rill'gen, schwären, trümpeln und verschwimmten zu schwalk eingedicktem Dunst. Zaustbauchstulpen wurzeln in den Lichtsträhnen (Tründeln), Sonnblendblätter und die Baumschatten stauben Kammbahnen von unwirr'zt-lichtem Schimmern, Trug-Struppen und dumpfe Muster spiegeln sich in hellem Fell-*Vlies*stellen Balgen Seepelzmähnen Hüllse, die wie als Hautwasserlachten letz'ten Zotten im Unschlick Ried'seln jetzt und Wirtel (diese Strobeln), die Stunden zu Sprott-Molke versickerten, Struff-Flunder, die Hände untertauchten Watsand vor Spuk.

Außer Atem, der Berg ist talgblau jetzt, ein Blautopf molternder Bülte,

(diese Heistern), es hat zu Tosen begonnen, und dichter als zuvor, Regen.

*Jetzt sehe ich auch* Silberzügel in der Ferne, Formen ohne Farben (*trügen*).

Der Regen hat aufgehört, der Himmel, herrlich, verspricht sich am Tag.

Und in dem Trenck-Wald werden zu Schlachten – Iltscheiter gebrannt.

*Tal*adern wiegten in *knorriger Konfusion*, ums Allemal *klunct* Spring*kraut*.

Und Blatt-umspielte, Weißseidenhauben vom Wollgras (in Unmengen).

Sprenkelnetze Betelblätter mit *Fließ*wasser-Trassen unter Rohr-*Feilchten*.

Tarnfarn unter Florwiegen Schmielen der Weißnicht-Ähren, Taumeln.

Ich werde Lorbeeren zählen, ununterredend, und in Wortarme horten.

(Den dreisten Trost). Und die Trutzblatt-Druppsel lilien *und* versilben.

Häute, die himmeln im Wasser, fließen ineinander und übertrieben Windstille (und Bilder), Wimpern Kränzbrandfransen Flöt'se (Funzeln- und Kräuselflecken) Pfunschig Passelglast Tapage Wimpfellfelche, und Wat-Wasserfalten Fasern in Talpern, Florsafranfarben und Spiegelgleisen (als Flechsen, Fellriß-Felsen) Kehlchwellen und Filbern laber Milch, wie Wimmervögel in der Dämmerung *morbleu*. Alles ist da, wie von Virgeln der Erinnerung geschöpft, Wedelblumen Hügeln am Ufer, und Gewölbe aus Reben spierlten Quelltröge Ast-Kaskaden in Kastanie, Taftfarnlitzen, und an den Tann-Bändern troffen Tauhaltauf Falz-Wassernaht-Schnarre *oscillae* und so Zwerchsspelter-Linien in (von den Bergen) Sonnenhanggängen, Florettier-Ritz-wuz'seln unhell'd Semde in tiefem (ohne Trübung) *semblant*.

Schau die Sonnenfinsternissen durch ein Sieb oder durch Blätterlücken.

Plataner, breitblättriger Reben (oder durch die Finger von Händen).

Die sich verflechtend umschränken, und frage nach dem Wort für Tag.

Als Ob Schwemmbstäub't Flutergutbülte marmorierten (gemohrt).

Im Unwald-Ästuar, Wrasenharzholz-Stollen und Stau-Büschelfrüchte.

*Beute tun* und aber (quasi reisig) unverhäuft gewaltigen Spelz ernten.

Hätte ich sie über Land und Meer gesehen, war ihr Tag noch lichter *Talg*.

Hinter ihm die starren Berggeäder der gewaffelten Alpen, Schneehöhen-

Linien, deren Szenerie in Schlieren Wellbezirkkrinntseln widerspielten.

Unwenige Ereignisse auf dem Wrasen, Wasser in der Bruchwaldbucht.

Holten sich, Unbrunnen-Trunkeln und verkielten (das gilbe Schilf).

Windhag blätterten Troß-Glosen infolge (Augenblicksbildertriebsel).

Die Wasseroberfläche stockte und ergraut, als ob sie gefrierte (im April), da sind nur Luftschnurschlenzer zu vereisterten und Turbentrester Flächen aus Damastflorstoffen und Vorwellen, die sich zu Hügeln verhüllten (dalkicht) und die Untiefen und Trauben, die am Stock vertrockneten, Torf-*Frotté*-Teer-Terracotta verwolbten Wuhre selbander mit Schiffchen, Fahrspurfäden und jetzt regnet es und füllt die Schneenebelkrater Kropfloch mit absack'tem Fledern am Hals, schaukelte im Zwiellicht ein hauchdünnes Sichtgespinst, Milbklippen-Wuhrnen unterhalb gesunkener, Wreifhölzer und Möndchen, sie Ballt'zen-sich, stößeln an die Wun (der Wiese), Hang-flattern herauf, verhüllsten Zinke, zwei andere, Wuhlsch'gerne lärmend Kellteresel (Wülen) und das Warten auf die Sonnen Samtkäppchen.

**Eselröte eröffnete die Mummerei und störrisch den unvorjagenden Zug.**

**Und hinter ihm, bunt, *triumpften* Masken Hülsen von Werg-Leinwänden.**

**Narren Schratten Streckschere Schemen, Larven Possen die Grimassen.**

**Die Zwergschalk-Lappen Fratzen sempern Walapauz Lotter-Tollpuppen.**

**Und viele, viele Lärmschelm-Narren perchten daher, Werren der Geck.**

**Geschürzte Winzer im Getümmel, mit Becken, und Gefieder, Ferkeln,**

**Schnappsäcken Pfaffen Schalen Stäbe aber zogen und schobern voran.**

**Die wilde Jagd, mit Grüntarn-Zweigen Kappen (Rußholzrute Büß'zger).**

**Windspiele, mit Steigeisen am Gürtel, Iltisfellen, Luchskopf-Fußlücken.**

**Karrten im Tumult, (umtanzt im Zierat) Attribute, Reize, Szepter-Stab**

**(und *spectra,* die sich spiegelnd zeigten) pflücken Trauben des Triumphs.**

**Ich (in den Bäumen) sitze, verästigt, und werfe mit Äpfeln nach dem Zug.**

Von einer Sekunde zur anderen ertrank der Tag im Talg. Wrasend Unkonturen dampften (und verkümmern), Tran-Haar-harz'te, Marmorier-Risse (und die Äste fühlten sich ganz naß an), erstarrten in Bewegung (und zu Flachhalbscharten) alle, Samtfalten Landschaften. Und Glitschschlitt verknüppelte Kiefern mit Filzmütz-Schatten litzen't am Ufer, vom Moder wuchs noch Wollgras und Dicktlippen-Moose Orken. Bei jedem Schritt t'sickt Nässe, schwalpt (das Litoral). Leuen müsse ich von Wegen Garben nach einer Planke schnelltzen zur, Hügeln, Riede zeugüber Igel-kolben Herbe Ginstern und Schall-lungen und Bracken, Klettgerüst-Pflötschen, so *einzeln* (deren Mast dächtig wippt). Ich will das Flußbett anfassen jetzt, und was im Kiespolster noch Wärme kräseln hält vom Schlaf abgerollter Mond-Trolle.

**Stiebend Spott trieb ich mit den gesprenkelten, unlicht-Spechtelscheckten Krepp-berst-Gräsern (diesen Dommeln), Florzeugwicken, Schwemm-kämpelgländern stoppelnder Gestade (ohne Kahn und Namen) am Flint-sandglanz der Blenderz-Gewässer (Rieselgluten quellten in brennendere Felder, und nesseln, Hasen, die verharrten, Blimbings-Dinger mit Ornat-Tarnkappen auf den Tag, Ottern (Frettbärherrchen jetzt), Ei eins (so Kreidefarben) jetzt ins zweite weißgespeltert, lispelt oder nieselte es sie?) Im Frost, als wären diese Winterbirken seit dem Spätherbst Erl-karst. Schnittflächen, die nach unten zeigen, so tief in die Erde unentfernt. Wurzelteile, die beschädigt sind, mit einer Baumschere im Klafft-Ast. Bündtel Versilberten, Hauern, Bahren einer Schar, und Gedrittschritte. Erdschlipf von fast Nebel-Höhen Sieb-Risslinien Lehnkanülen auf.**

Vigilien, in gleißend hellem Glanz taucht ein Vollmondknollen aus der Schotterflur empor. Die Nacht umfaßt den kranken Wald still und insgeheim, ich fühle Staub und unmein (zwischen T'schillen) Legföhrengräser-Nässe, diese Handsandlachen *Silbgur*mulden vereinzelten, Nickblätter-Dürrkrüppelkiefern aus dem Glimmer. Diese bildeten Strickgitter (ihre lärmende Draperie), *Möndchen*, Kenter-Tannen treiben Damastlakenschatten auf die Mulm-Band-Fältelung des Wassers, und Erlt'rillen-Rinz'sel und die skurrile Wirklichkeit der Stille (tobt). Will ich mulstern den Tumult, die langsamen Schimmern in Unkugeln, die nicht nur unrund, diaphan sind (aber Tafeln)? Ich drehte mich zur Stelle und umblickte Höhe, Tiefe (in die Sonne, und in Blüten), Kreppfeuer brannten und die Rinde ihres Widerscheins.

**Nach vielleicht hundert Schritten sehe ich Rotsprossen am Boden, Straup-**

***Farben*kraut, dann als Polter verhäuft, dort vorn kroch winzern eine *Blüte*.**

**Niedertannen stehen wegsaum, reichen schroffschlächtig bis zum Recken.**

**Grünt das Jahr, je früher ich steige? Almfarne-Moosknoppenbulte urbar.**

**Die *Hebbarkeit der Ebene und Seen* (trümmern Untöne, die verschweben).**

**Zupftel und Trugtulpen verbrämen unverklärt die Schwalben *Menz*wässer**

**(und vertümpeln). Ich schlenkere zu Quänzeln im Gelenk, und hebe die**

**Plumpfwulst der Gefieder (*pludern*), und Plörfließwasser Känneln (quirl'lt)**

**Nur etwas machte mich müde, das schimmringelndere Spätlicht umbert.**

**Das *Klummpte Lab*, *Tränk*wolken in den Lacken (zechten und *vermulden*).**

**In den *Jenen*, Bäumen verheckten sich *zu* zu Stauden und Strömbkörben.**

**Wuhren im Tausendstrauch-Talg (Strossen), *Kompst*sorten Schmelternten.**

Hell brennende Lichtdellen schelpern auf dem Wasser, Asperbeere, Fasern, die rasch verwanderten (Schwalmnessel-Flächen formten), als schlügen Münze Striemen und Sand*ilz*plumpen auf (ans Kehltau), Molte, ohne schon abzublättern, Trauben und *Grans*nachen prellten und veruntauften alles Namen, die sie – Seetulpen – im Grunde lostun. Wie diese Schwirrlwellen zerstiebten plötzlich, das Flackergras schwemmbte überflügeln die so pfirren, steilen Rickhalden, Krempelgärber Tänd'sellinien (*vertouchten* im Nu). Weder Schwellung noch Scheern-Reffsel Tröpfeln im Wat, aber von der Stille springen und krallten sich Nickhäute und verletzten (Schetschke), etwas sackt zusammen als ein weiches Tuch, ohne Walg- und Glupschblut-Spuren Pupille, Schester-Trespe aber – eine Wunde sah ich nicht.

Auf dem Plateau-Gipfel kann ich nur noch auf Zehenspitzen gehen.

Zu Hunderten schieben sich die halden Kalklackblätter aus dem Staub.

Wie *Lanzetten*, Trüb-Milchtropfen hängerten die Blüten der Schneesterne.

Über Poldern, nach allen Seiten Ereignisse dehnten sich, neblige Ebenen.

Versuche ich, die Linien Rinden an den Ästen Strünken selbst Unkontur.

Zu tun, und diese in Erinnerungen vermehrt zu *wissen* (als zu *nennen*)?

Wie Augen Füße in die Seele stehlen und starrte Watte-Schlack-Inseln.

Kriechströmungen, diese Zinnen, *Spül*hügel Gletschern, zu Geröllwellen.

Aufkraulfelsen leuchten bleich die *Hochwand*alpenberge gelb-Karst (kalt).

Schotter-Frost zwischen Dornpolsterformen (Wacholdern ohne Frucht).

Rötel-Sukkulenten übern Bruch halbholziger Pflanzen, Zirm-*Thymian.*

Steckpflanzen in Schwemmterrassen von Träuffelwaalen Greftbächen.

Diese Hauptalprippe, auftrollend von Plumpfen (Trinkle-plünndern Blattkielbrüchen), Totholzgestrüppe bildeten den Stamm, Pletschen jetzt, der hochschwoll bis zu Klumpen. Sooft ineinandergestaffelt schwingen die Talgäste, zielen an die Klamm-Labränder (gabeln), dünnzwilch, feiner, und verzweigen. Aufs Wasser lappt etwas über lichte Messer, Perlreflexe strählen, Spielglanz Schwärzschratte. Und ich fiebere kopfüber (Stilbe, den Tüpfeltstein), hielt in Wangen das Gesicht (Weichseln oder Zeitlos) Flut-Antlitzen, stülpe beide Hände aus dem Ärmel vor (und trinke Regen), der Mund wölbt (hebt) ihn Tilmos stillgedeckt (zu Zwirgeln, Schörl-gletsch-Adern, täuelg'n) Abrupfblüten Lippen. Nun ist einer nicht mehr da zum andern, einzeln, Wolfspelzgold in Blättchen (hängerten), Rögeln (*und* bewegen).

Ich erkletterte den Berg, um mich wenigstens zu ermüden. Aber wie?

Dehnte sich diese Unwelt von mir aus, Wäldern, Inseln, und mit Flüssen.

Über Hügeln Land und Meer, *Erd*feuersäulen aufgerichteter Gewitter.

Spiegelfließg'wandkogelwolke, der Gletscher stand in Kreide unzerrüttet.

Proserpina mit krank giftiger Sonne, die auf Trog-Steinschotter brennte.

*Akkurat* in die *ungelände* Wirtlichkeit der Rede zieht mich ihre Richtung.

(Es gab Ginsterheide, Birkenheide, Schilfheide, Eibensand und Tannen.)

Die Krummschaftigkeit der Lärche in den Bergen, Kron-*Form*behältnisse.

Bis kein Sal mehr Bruch-Stubben sei, Lorbeere mit Erträgen zu veröden.

Gaukler motten einen Zustand vor, gesäumt von farb-halben Blumen.

Krüppelkiefern ducken sich, und hartes Gras sticht spitze Halme hoch.

Vertiefungen *Viole*, irisierend, Pollwulst (immer) und Lavendelwiesen.

Das Rad der Tage (dreht sie). Unentwegt erwartete Späte, und die (als Frohnreiteln) Karmin-Birnen. Noch einmal pirscht' ich durch Reiszholz (Schluchten), Beut und Wasen Drusen (diese trauften), sage aller Brühl *Adieu*, Ohrneulen auch, denn es wird Pustern jetzt (vor Sommern) Treus'teln. Loden im Schlehen*tret*wall zeigen keinesfalls Bilsen, diese rot-erfrorenen Ähren *tresseurs*, Stichgras und Flurbeere überstrüppten. Jetzt letzen Kelter-Tretttröge Zubern und Kufe, und die Buchen Ulmen (ihre Äste heckten) Treibgalt, und staffeln Hände und Treffengedränge (ringen in) Verbindungen zwischen den Tremplin-Welten Zech'ten. Astlos stelzt ein Reiher rüstern durch Glutenmilch und Totholzwasser aber, stiebend Ufermücken badeten (Erdgrillen) das Taglicht, alles Areale, und voll Trauer (fallendes Laub).

Gründen sich, Büscheln, Nessel in Streifsen, und aus der Asche *Schlafs*.

Wie die Tode jagend, Halt ganz ohne Seele, aushagern diese aber Maltern.

In einer Schale *Kiesel szintillieren* die schal'gen Bild'nissen Wörter, *lispeln*.

Wallm-Strieme Stürme regnete es, *Bruch*teiche, und meine Augen troffen.

Waalwasser und Lachen laufen über, überlaufen Berg und Erde, eins.

Ertrinkende, das Tränengras im Silg-Wiesengrind der Milchdübel (*scillae*).

Plodern Lehnkanüle Erdschlipfnebel-Schneehöhen *Lohdern* oder Trölen.

Pfostsäulen im Stufenbau vom Ungrat, Zwergsaum in Lavendelhecken.

Vom Trennblech in Gauben Känneln Riffsel der Vordach-Veranda-die.

Larve, halb Figur, halb Unwesen übertrieben ihre Speltern (verunkluvt).

Blitze, die Blitze sind voller Himmel das Gebrüll der Drohn-Donner.

Und was Augen kalben (alles), und vertaufen (den Frost) voraufgedrupft.

Erlwälder Ebereschen Schwalben *in balance*, Birken, die Ulven calm-Watten. Aber als ihr Fleder-violetter Schimmer, der um diese *vlichten* Trensen borkt, die Kuhlen Undächte und Wasserlöcher t'schillern, ihre Schilfufer tun blank, glänzen gelackt, wie Perlzelter, und Unbalg-Anemonen, Kiemtiere, die gebauchten schwimmb-Messer, hängerten erdab (und würden sich vergraben), Stollen aufwerfen und ungrund Furchen, daß sich Saat tasten kann, mit *Ach't*, mit Hakenklammern an den Triebsel-Füßen Kapf'seln (Wasserlabblasen). An der Lacke wirrzselt Farn-Kärbern der Tumult, watschelt vor und bohrt mit Weißkeltschnäbeln kolben Spelz. Irgend blüht der Haselstrauch Salweide und treiz'st weit vornan, Goldbortensamt-Knospen silbern opalblau in den Hang gewalzter, Rißwipfelsparren zu Bruchgnitsch.

**Die Rede erodierte (»diese Erde!«) unter freiem Fuß (Azurren in Ruß).**

**Und im *Email florealer* Jahre blieb vom Regen nur ihr sprühender April.**

**Das Seehangbecken dampft Schwalmwrasend in den Morgen, über Karst.**

**Wollblumen *wrächten*, und die Sonne *undunst* d'rinntselte in Schummern.**

**Einfallenderes Licht verändert sich, als atmete der Teich aus seiner Tiefe.**

**Guß-Flutherde, Schwemmbgänge (und Windlinien) überlaufen die Haut.**

**Erdrauch-taube *Behen* und die (ins Wasser sinken) Tasthaken je nach dem.**

**Totholz *Taupel*gut und *Fließgarn*wasserfasern verwoben zu quirl-Wirbel-**

**schnürlinien (und verzweigten) Taubnesseltrespe Gräser (diese *Schwaden*).**

**Das geräumte Land, die Netzringflecken ungescheckter Tag-Negative.**

**Wie diese sticheln, verunzweigt lichte Wälder, Neuflächenfelder (Möne).**

**Und Handrücken Span-Rahmen, Rankschatten in der Maurachnacht.**

Mag es noch so Mai-kalt trüb tun (kilben), die Kniempen, grumlig-Birken brachen ihre Kniffelhüllsen (frühmorgens heute) auf, um alle Haudern, Dornbauchsträucher kräuselt ein grull'ster Hauch (die ausgeschlüpften Blättchen). Als Luft knarrzt-Brausen (und die Wasserschnürsel Antlitzen und Dunstgespenster), der Molter-Hund und die Glut-Grude Ermern (Motten, die Molte am Hof, den stillen Anger) und Sumpfsalamander kleibern't Gefieder-Fältelung und Trost-Molltöne Nebel kocht die Erde auf (welktes Gras). »Ich werde über Unwiesen treiben und auf alle Antworten Fragen wissen, und sagen, wo die Flüsse, deren Wasser brennt, und Stricke distrikt sind (aus Sand). Dort werde ich finden eine Quelle unter hellen Zedern und Zypressen – ich darf mich ihr nicht nähern, so durstig war ich jetzt.«

Ging Nebel auseinander, der auf Hängen stand, und kommt zu Schlucht?

Pappeln, Mondsame (und Salben, und Knospsprossen) Felberten Alant.

Ölbeertange mulmen und vermoderten Trosse kolkt-Legangel-Gängel.

Ob *Schurnaht*laken arglos spiegelten ins Kilbwasser (daß nichts geschieht).

Die Szenerie ist wild, sie führt hinunter in die schroffe Felsformation.

Vor unsichtbaren Tritten Knospen Gärten Kräfte frühzeitiger am Tag.

Kalkliebend sintern Zwergpippau und Kugelblumen, aus Steineichen,

die ihre langen Wurzeln durch den Schotter bohrten, der gilb'fse Enzian.

Kümmerliche Kriechsträucher auch hier – die leeren Zweige Kneippen.

Gelbem Alpenmohn, die artkischen Quartiere, und Mucks-Insekten.

Motteten zu Moos-Steinbrech-Zotten, Haar- und Rauff-Laubbüscheln.

Schräge Häckselwesen, starre, blatt- und nadellos verkrüppelte Kiefern.

Vorne aber finde ich kühlendes Wasser, welches vom See der Erinnerung unvordenklich floß in Augen, die zu tausend sind (enttäuschter). Vor Durst verging ich: Gebt mir zu trinken von diesem Wasser, will ich sagen, schnell (und mich tränken). Zappelnde Blickfelder – in den Schründen. Filmhimmel, die am Ufer reifen Spiegel und Talader-Gebilde (das prächtige Plateau). Tännchen, die aus Flugsamen Zapfen keimten und üppig ihren Wucher (überwuchten). Ich bin kein Schwimmer – ganz langsam, etwas anderes andenkend, ziehe ich vor und setze mich rund eine Stunde in den Anger Asphodill, zwischen Tretklee und Wiesenfließkräutern glostendem Schaum, … wie wenn Schwelbrände blühten. Ein Schluck aus der Quelle zwischen Zacken und Versteck, hauchdünne Gespinste (und zum Gruß).

**Diese Kälte (klirrte). Kornglutrot vom Süden her eilt Glast-eisiger Wind.**

**Mauern aus Flochttopfpflanzen konnten die Aufflammen kaum stoppen.**

**Sollte ich meinen, gleich und gleich Arealen Areale zu befinden, Farben?**

**Mehr als Male waren es eher Umpol-Frieslandschaften, Vormorgengrau.**

**Unreif auf den Gräsern *verditer*, safflor gefrorene Tauchlachen, lichtblau.**

**Und Klinker, die schimmern in Einschwärz-Übergängen und Ankreiden.**

**Welpen werden bellen wie Welpe, Klettefeu und Aralien sozusagen (*azur*).**

**Purpurfeuer brannten ohne *Unterbruch*stunden und Schallmale knackten.**

***Ruß*kien-Flösze, welche Serpentinpigmente sintern, dabei Blauholz tun.**

**Kräuter, die nicht verderbten, *Trall*talgtulpe ungeraumer Zeit verbeiz'sen.**

**Flaumeichen, Rotwaldbuchen, Strandschwarzkiefern, Zedern, Lärchen,**

**Sträuben mich, die Füße stehender Gewässer, Baum-arm diese Rindsel.**

Endlich schwelt der Mond *scheiben*, alle Fahlheit erscheint aufgesogen. Tiefe Lös-Schraffuren (und fast milbes Weiß), jeder Ast beklomm sein Silber quasi (Licht für sich). Klar zu Dumpern aber, verworrener Talgschatten (ich stand zwischen Schwarzlack-Gittern, Stämmen) erblickte Einhelligkeit der Stillen (kilb-Nacht). Und drang hinein in Kalm- und Mulmwalle, sah sie aus allem Brach (in Bodenmulden) und die Atmung, den Gruß der Büscheln, Rüster (Buchen), Grünblatt-Latwerge Schrillmetalle mit gefleckt-Riffseln (Tiefsamt-Taft und Ahorn vom Balkon). Und die Quellen Erinnerungen, die aus dem See gespeist sind, woraus lab ein Schluck erholt, mit beiden Händen, sag (»sags«), *ich bin ein Kind der schweren Erde (des gestirnten Himmels),* und erscheine mirreln (»miran«) Wegen der Elaia, am Hain.

Schon gibt es bessere Tage, Bussarde übertönen Ammer und Schlag.

Talare wiegten in der Breitkrone-knorrigen, unterhalb der Waldmäntel.

Oleander und Öhr'te, gläsern fast, ösende, die als Untage sackten aber.

Stubenfliegen wie auf Wiesen Gras, Sonnenglast lag über Bruch.

Räuke, Wulste und die Schnabelhiebe äsen sich am Bord (der Beeke).

Empor, diese Lochotter fortauf flogen Raben nach der Wohld – da! –

Aus den Speilen gestoßene, Gefieder, das Weißblühen der Erdbeere.

Ertrinkende, Plodern, und die Fliegen werden sterben (»wie die Fliegen«).

Unmittelbar dahinter sattelten sich Ankerbalk-Nähte, die Pfetten daherverwandelten und auf Rofen; und hier der schaudernde Verklau-Sparren zwischen Oberfluß (falzt) und Unterstrom, die erhabendsten Spundstaken Antlitz-Etagen, Weichselholz-Blockbohlen Rähmel von d'Lunt-Qualm-Knagge eingezapften (»Windrisp-spitzten«) Lint'seltschwellen hoch (sticht, Traufe, die verzimmerten Winkel wie *treillage* Stabsal-Zangen) hebeln und Grasfasern und Grünanger-Klammern tafften. *Wem* fächert die sich aufrichtende Kuh zu, eine Kuh, die beglückt am Vexierbalken federte, Treibschar Wedeln deren Füllzholmschiffe schichtig vorauf auf Erdwerkserkern tunlichst, und Schulterrudern (trugen). Ein anderer hälst den Schrein der Geheimnisse, in deren Untiefe und Hof verschwiegen diese wie Insignien tanzen.

**Unwach überragen die Felswallketten Ausläufer Bergrückzüge trugalp.**

**Erstreckender Schluchtgrund, eine Quelle sprudelt umsicht beständiger.**

**Fesseln der Kar-nach Nord-Süd begrenzten, Moränen Talvorstufen.**

**Das halbe Halbjahr, Schwefel und Efeu dämmern Ufermauern überein.**

**Kühl, zuweilen, eisigst, oberhalb ein erster Wald, über Trockenwiesen.**

**Treibt aufheiszend Unwinde Sonnenglut, die Grenzen Stock und *Teint.***

**Zwischen Sielacker- und Getreideland fließend, Unwege Fluß-umsäumt.**

**Mit Kornell-Kirschen Schlehen, Strauchthymian vor-vom Erdbeerbaum.**

**Und Salwiesen, diese nicht-Trift der Hackten, Vorpflugglumen Furrseln.**

***Lohden* in den Hitzfalten des Mittags, das Glucksern in untoten Tümpeln.**

**Ein Rost*mooster* Erlstumpf, Stock-faul raschelt Fuchsrot das Winterlaub.**

**Zu umschlingen, Zweige, die getäuschten, Blattlorbeer-*Larven* Plumen.**

Ich will versuchen, *mirabilien* die Ereignisse zu schildern, üppigte Lohdern flözen in Flochtwände gewölbt unüberlackte Nacken (aufs Spalier). Flühvögel scheitelten den Schmuck zu buntem Himmeln, in der Mitte Träg*schwirle*, die in mattern, Scharben einer runden Scheibe, Spiegeln, Stiglitzen und (Monde, worum Maskenstelzen, Wunden) und Schlangen ringelten, während von oben her (die Ähren der *Ceres*) diese Watgestalt (Mehlschwalben) darüberknickt'n, und Schlupfgrasmücken). Ihr Damast-verwebtes Leinzeisigkleid schillerte aus zappen Farben, bald *oszillierend* Kleiber-weiß als Tag, dann in Krokus und girrlitzendem Himmel (von Flamin), und naßklamme Mäntel in *glamour*, Mornellregen-Schimmern (über die Schulter getragen), wie die geraffte Taft-Fülle von Stoffen in Nachtform zu Falten niederfiel.

Wie schön Wiesen sind, mit Strohdorrbüscheln Spangras *walmb vermohrt.*

Es wird diese Glanzzeit der Eisten, Spat-Kaltwasserfarben sein (*Laren*).

Gesetzt wie zuvor, Hohlräume (gut mit Flinz gefüllte) Wurzelballen.

Die Schlämmkellen mit Waalen und Furch-Wassern eingeschwemmt.

Diese Baumscheibe abzudecken, Mulchen, und das Gare Schlag-Gras.

Die Wintergrünloden von Liguster, Eisgrau, Reifblau über beide Ohren.

Im Vorwald Spelter-den hohlrohden Lachbaum (nichts andres verkluvt).

Dann kommt die Sonne heraus, wieder und versilbert (*Venus & Vulkan*).

War ich eingeschlafen?, da stieg mitten aus dem See, das auch Heimeln'te Antlitz schnürend, Erscheinendes empor (und mir war, als träten nach und nach strählende Miragen, sowie diese Wässerungen enttauchten), *vor mir* mich hin. *Allmende* ründet sich der Mond, endete den Regen, Nachtfrost, flüssiges Silber erzitterte den Ungrund (mit jedem Schritt). Wag jetzt nicht aufzutreten, es gibt keine Böden, nur Schleier, und Maien (an den Füßen). Und die Rüster druntert'n gestanzt, gluckst-troffe Glyphen (von Akazie) Milchgrüntrümpfe, und Stachelsamt Taftapfel *farben*, und blink- und Tastschatten worfelt quasi jeder Graumhaufen-Moorbaum (*Loorin*). Wag nicht aufzustapfen, weil der Fuß auf Tönerndem abflottet (oder polstern vortrackt), schwebe durch vertraute Mimen, Ufer-Ferge (abfedernd) staken.

**Ich wollte Wort für Wort Egarten, Fruchtfolgen, in aller Ruhe, Brachen.**

**Das Guirrlande hat sein Platanes in – gefilden – Parenthesen – Gärten.**

**Und habe sie verzäunt zu ~teidingen und mit Trockstein verhäuft.**

**Edle Reben drapierte ich mit Fleiß, Perggeln und Kelter, Hub-Gruben.**

**Wartete und wachte, daß Sonne und Berg Brasteln Trauben brächten.**

**Aber sie brachten Herlinge, die Rede erodierte (die Ernte zarter Feser).**

**Was sollte ich mehr tun am Glan-Anger, noch, das nicht ungetan war?**

**Pfropfungen in den (auf der Unterlage ausgeführten) halben Buntspalt.**

**Ragen in den Wald, Azurren durch Schwarzschatten kräuseln 'halm.**

**Ihre völlige Klarheit wirkt konfus, um zu erreichen, klüstert Sprietkraut.**

**Einkeilkerbungen, Astansätze Körbelreben, Marchkanten, Eschgänge.**

**Entwässerungsgräben, ein Weinberg spaliert am Geländehain, Leitern.**

Auf Einsatz wird ein Luster schreiten im Triumph, an den Füßen Fasern Büschel, und Palmblattlappen in der Hand, ein Knospenkranz von Rosen. Durch die Menge drängen ich und Psyche (als Eselei am Seil), Rosarien Apfeln abzurupfen, um unter Nureln schläfriger Haut das arg't verhaßte, garstige Tier von mir zu zaudern. Und ich fürchte nichts (erschwerend), Knopf und Kragen (»fast Kleidorn«) aufzutragen. Obenbindsel im Nu, da *obendig* bewendet, versilge ich, brausche auch dort Plagwege im Traum jetzt, was *plafond* erstarrt. Zu auf ein Wort kalbt sich das von Festzügen drainierte Fluß-Volk Plappach, und niemand (und auch ich nicht) warb't bei der Nach'ten Überfahrt am Maltern, Namen jetzt ob Augen in den Würfelfall verspiel'zten, münzsamt die verquietschten quasi, Gimpeln, Schellen (oder Felle)?

**Warum hat der Garten Herlinge gebracht, Unfrucht, da ich verwarte.**

**Daß er Stillleben brächte? Trauben? Zungenreden der Gumpbrunnen.**

**Seine Hänge sollen ebnen und verwüsten und die Hürden zum Hügel.**

**Die Flocht-Zäune zerrissen werden, daß Leiten allen sind, schlummern.**

**Ich will die Wiesen verwüstet wissen, Matten unter unschnitt-Wucher.**

**Süßdisteln und Wermuts-Dorne verstricken sich koronar (und Kasern).**

»Dort ist das Wasser«, den Saum verpelzten *decor*-Knoten und Platzgrasfransen (sengen und brennen). Wie kamen Sterne in die rußfalten-Täler Plündchen, das glistern jetzt funkelnde Glisglammern der Wässerungen in Krusten, Erde, perlen sie verzuckt, *cliquen* in Milch und größeren Glühen und verdumpfen, schwenden ihren Rest (»und sterben endlich doch, ein Stern nach ungeheuer nächsten, anderen«). Über die plonchierte Unverbrämung und den Mantelsamt verklumpt ausgestreut, Wandelsterne, blieben sie, und (in Schlacken) ihrer Mitte flammbte der Trabant (in hellen Scharen seiner Pracht). Rings verglimpfte Nachtkanten der umsäumten Robe, zog sich Sprossenwerk (ununterbrochen) spaliert von (Rankengras und Ritsch) verwirrten Trieben (Glufen, Rispen) und Früchten *Saillie* ihrer Art.

**Zehn Wörter sollen nur eine Meinung sein, umgehn, und nicht Maltern.**

**In den Ohren, Talge und Tagsagen, wo diese-die Zink-Hütten zünseln.**

**Und ich werde Grün vor Irre, Schwanwanst (*alles miteinander*) Toben.**

**Wieder erodiert die Rede, zu Faseln, und, »diese Erde!« unter Menschen.**

Nun kalmen auch die Inseln, Buhnen und Seegattplaten, ihre Querpfeif-Vögel-Halligen Laterallaute hatten angeschlagen, und (als silbernes »*Kiau Kiau*« der Möve) Kniept-buschsandend Lippen über die prielzerfurchten, die Heudiemen (»*Tri Tri*« der Wassertreter *trettoire*) Tempfeln und Watlandschaften Quellern, Schnepf'te Augenblicksgötter *spierlten* (undunst im Undumpern) und Springflut, *Kibitzte* mit lautem »*Düeü*« und dazu dieses Grüppeln (Reisigdeicher Legdendie), Schlengerten Wirbeln Ziemblicht frischten zu Gebot. Als zogen die in *Shiftchen*, Windstill-Schildern rings vorüber, Weißzeugen, diese Rußbuchstaben Salben (Haare, mit delik't-Tressen versetzt und Duft), die blank-Wand irdischter Malgmale erhabener gefriest, Blendgold sogar eher, oszillier-B'latt-Klappern, Lärmrasseln diese.

*Quasi-Rosarium (in Quincunx)*

Ich sang nur wenige Lieder, jedes klang lange (unnah) und, wie es schien, völlig in der weiten kappt-Abendlandschaft nach (gefeiert war ein Tag meiner Zügel mit köstlicher Tafel und Schraffuren am Talgtuch gelage). Ich denke daran, wie ich einst in den Fußstapften Ösen der Wüste hatte Sande singen hören, diese selteneren, *seelewig* hallendsten Umzüge unweniger Fumarolen-Pfiffe, die zum Flußtappen der Schwielenfüße (und dem Klirren) der Ringlotkamellen untrabant ins musterne Verstummen gipfelten und, was Urnen füllt, ich überdachte nun jene anderen Verstecke, in denen Felsschlifftälern Stunden dösen (und betönten das Plaudernde) Immer, was in Berberitz'ten Früchte spiegelt. So blieb ich noch und noch Tage unbeschreiblich wach, um die Nähen (wie die Nächte auch) der Bilder auszukosten.

**Astern, und Zinnien, die Aurikelziestrosen Woll-Wuchtblumen Akelei.**

**Wogenrote-Beetrosen in Brandhangwänden Wassergärten Wellblech'ten.**

**Absintern, Begonien, und Blaubuchs-Vexiernelken, echtern Wermut.**

**Balsamsamen, Borretsch-Zentifolie Dahlien, Dost-Bocksdorn Wollmern.**

**Dextrosenessige oft und Kelchen Dorn-*container* in den Dünen, drillicht.**

**Distel-zyste Eppichblätter unter Eisthut-Eberrauten Hedera, in Efeu.**

**Einfaßrosen, Glimmlinien mit ihren Zopftrockenblättern *Eglantiers.***

**Gamet-Gene, Eschnachtkerzen, Gerbera im Talg-Hagelgras, Funkzien.**

**Schafgarb-Achillea der Flanellgürtelrosen Hecksamen im Färbherbst.**

**Kleerosensprosse Schlupfblumen Strapazierflachs-Fackeln Kandelabern.**

**Sprührosen aus Rußtaugranulat und Zinkdraht*gamaschen* stiebt-Blüten.**

**Fruktrosen, die Steinbrech'schten *Greteln im Grünen*, Schwertrespwinden.**

Kein Tag vergeht (kein Schlaf), ohne beschwichtigt die verstrick'sten Fäden zu entwirrgen (am Geschick), Dreschbretter stampften Rispe und Kolben, Entkerne worfelte der Spelz (ich röste Gerstensaat, versiebte) Emmern oder Spelt (Gluten). *Vis-à-vis* verklammerte, Augentrostgötter der windlichten Himmel und der Unterwelt, zu Futterqueck'ten Garben Malen zürnendster (Hülse, diese schimmerten), Eppichte in Frucht (Myrthen, die wie Neckereien und Fackeln (Stelzkelterfüße, diese leisen, unüberwallenden Blickt'kornpfotenfelder wandelten in g'litz'ten, reifen Ähren, kaum merklich (eingetaucht), so daß diese-die wie pilz-rötlichen Schimmern umflossen sind (und strolchten), ein Kind streute Körner mir und Hopfen auf den Kopf, und Erbsen (und barfuß Mehl-Graupen) auf die Braut.

Wie Gladiolen *Trompe-l'œil,* Glücksklee-gelbe Trostrosen zu *Serail.*

Und Sebenbäume, Stretch-Nekrosen, mit Färbersalben Vorherd-Öfen.

Und Schlaffarn Schall-Almrose Goldlack-Glocken Strotzdolden Sade.

Oft Sonnwendstrauchs, diese-die Ringel, Ringel Rosengärten *Geelken.*

Rotlaufblätter-Kletten der Weinrauten, Siderose, und siderisches Fluor.

Steineichen Hag-Hammerdorken Hilgern, und *Immortelle, impatiente.*

Schlafmohn-Spore, diese *Grün*düngungen in *Rührmichnichtan*-Glandern.

*Remontier*-Rosen zum Hutunhang und Ptosen immerblühender *Hybride.*

Korkrose *Indigo*sprossen der Klatschtrosse und Trollvirtuosen, Gospeln.

Die Kolchrose Plapptpappel Pfingstens zu Prognosen auf Pumpblumen.

Zwischen *Mohn und Rosen*moos, mit karmin Lilliputten Latzrosminien.

Zu Klettgehölz, wie Tage Posament, und Nächte (zwei Saatjahre) sind.

Am Bachwasser trollt der balg'se Ork, rottete Toben, Gnupp'ten und Ufer (rispt-Bau), aufgetürmte Erdwege (und Berge an Feinsand) gleichten Ungeheuern, nackt, die unweit übertagt landein krochen (und verenden). Angst?, (kennte ich nicht), Kran'gmassive Porenkammbpfade tun *rutsch*-Schutt (wie Gewitter). Als ich zügle, sah ich (sattelte) bald troffsilbern diese (die rötelnde) Smaragdwand, ungrell überschummernd ihre längst verschatteten Schwestern. Ich schlüpfte aus sieben, acht jetzt umgestürzten Bäumstrunken im Sumpf, durchkletterte Äste, die sich azur'dn in die Moosböden wuhlten (wie Trompete), Überschwemm-fächer, durchsichtig bis zum aufgelenzten Grund-Untanz (als Siebe ohne Schatten). Glanz schwebg'leckt in Klumpblumen-Fluren läuteten Kochd'locken (Monde in Moll).

Nacht, die warm macht, blaue Feuer, was nicht *letzt* und nicht verzündet.

Mit Lichtbalg immerblühenden *Ballots*, wo Purpurglumen Rotaugen tun.

Und unruhig und umhergehen wie die Erblickten, Ornatrosen *Orseille*.

Strotzeichen als Unlilien, Malme im Kranzenzian, und Unschnittrosen.

Vorüberschweben zu Maaracker-Schatten, die aus Scharlacht -streuten.

Als ob jene mitunter Spiele spielten, wenn wir schlummern, lächeln.

Bergketten gingen undunkel durch den Himmel, Abermale anfeuern.

Hinter Altrosa schwarzlangen Äschvorhängen geschäftige Gestalten.

Überläuften alles miteinander, Halbebene, und alle Blumen brennen.

Verstrichen, in irrten Vormonaten und Gärten, im Frostobst der Rosen.

Zierden die Gerüsten ihr Spalier Klob-Latten zu Rauten im Quadrat.

Schrägstäbe Dachlatten-*Travertin*gräser mit geglühtem Draht am Dach.

Kaum die Gräser rührten sich. Als klatschender Lärm schnall'zten Rudel Schulternder Molosser, zur Klamm in Samtfalten klirrend Hitze. Fast unmorsch verschmolzen die jetzt Schroffen-Gand Grate, ununterbrochen, mit halb erstickter Flüsterstimme. Wie alles Wasser umgangen war, trieb vonseiten (»schrägbrescht'«) die Sonne (sank) und kilbte (etwas Eisbrei). So zogen mich die Hände vor, bemäntelten gebüscht und 'griffen Delle und Gesicht, um ins Innere der Weile einzuscheren, was lenkte kräbbern wieder in den Karst zurück, mich? wo Staubtuff schon zu zwei (inzwischen) Dritteln veruntaute (und hißt mich Grieseln Triefe, Flut'schgern, diese Kaschel) Tosen den Orkan, die heul'nen Riffsel, *Böe* schwoll'gen (und *Fluh*-Felsen bersten jetzt zu Tapete), Schlaf aber (wie weggetuscht) fand ich nicht.

Jetzt sind die Schwelbmeiler mit Makel-Myriaden Glutrosen leuchtend.

Und Mutterkraut unschatte Malven, Chrysanthem-Kerzen über Nacht.

Mandeln Teint Rosa, und Nachtviole Phlox-Levkojen, Leinpfingstnelken.

Blau-Lobelie, Minz-Hyazinthe Rudickstauden, Purpurlilie Kletterkresse.

Reseda-Rosen, und Ringelkerrier. Und Rainfarn Kronen, aus Tarnkrapp.

Immer *grün-Jasmin*, immer *samt-Rosmarin*, und salbe, Herbstwirtelblüten.

Verhäufelter Rosarien in Webtrauben Kappten, stepp'sel-Schlepptritten.

Stachelblattvignetten im Prachtvließ der Rollsiegel-Trassen *zu zu* Malen.

Quasten im Wildsieb der Ornamentier-Namen, Bastnester und Äste.

Monarden, diese Tagwachen Impfsekunden okuliert, zu Pfropfkordons.

Und Kokarde, Rebaugen der Karneol-Rosen Sorbets unter Mohnraden.

*Treillage*, diese Groll-Wolken Schrotgeräte troffen oft schon, Regen-Tage.

Es kommen schöne und stille Tage. In stammelnden Schwaden treibt der Wind Regenböen über die Gratkappe. Rasch dämmerte der Tag in die Saat jetzt, und in jagender Finsternis *Tobrosse*, die versinkten Fluren, Marschgras-Fog und ob Watte (Brodem, Broderie) die Schlieren Quirrsel (zwischen Gräbern Hagel, und Garben) Schotentriebe (Rübsel). Klarschauernacht überspannte Brach-Aurikel grau-Gauch tast-Ast-Margen und *Esch*umgänge. Dann schwimmt alles Wolken (wieder und verklumpt), ruderal-Algen im Kurs untertunkte (Meerblausegel) *maritim,* und Weiß-Irrlichter über die Flußinsel fluten (und verschatten). Werder-*tertres* ohne *Tumulus*-Mulde, ungepflügt gedritt. Und die Luft sirrt so hell und vereist, daß ein am Tag verstummendes Wort *Stunden gesprochen* noch zu hören ist.

**Auf, die Pfaue fangen an zu tanzen, wie Diebspielhähne der Verschämten.**

**Unblumen Drillichtscharen, die Kannplanen, Faßkarren *Tartan* wie Plaide.**

**Umspan-Klammern Vorschellen Grubben zu Schleifs'treifen Margen.**

**Pflocken, oft Dörr-Terrassen die Scherb-Kaskaden Beetrosen Schoren.**

**Nagelblumen in Teernähten Fließfiguren zwischen Falzziegel-Trassen.**

**Glumen, die verstreiften Wirbelpfeiler Gitterlücken in Stanzpappen.**

**Melodien, und beschwichtigen un*cyber* Shifttöne und greifen ihre Füße.**

**Gaide, Hügel*tillen*, Gleitmulden, die Rogkorngrenze *Rißkern* zu Scheren.**

**Zinkkittfarben Nesselstreifen in Lackkaskaden Lamellenelementen.**

**Zierwiern Spinelle Werg-Hellfelder im Vorübergehn so Glimmberlaub.**

**Verstreifte Trübpunktgleiter Scheren im *Unstufen*bruch der Tüpfel*flusen*.**

**Brösel *vitriol*, die Schwefelklett-Rämbler Rist-Firnrisse zu Oktoberrosen.**

Die Moorbirkknospen sprossen Mädesüß. Mit plumpen Ähren *inseln* diese Sümpfe, wo ihre Nistmulden flachen, brachgescharten Striche und Schnörkel (mit Trägergerten) Schal'gen (aufplatztenjetzt). Felgen (pfifften im Feld), wo Pflugglute in Furche stoben (ob und kaskade), Schlohtseeraben ras'ten überdies (Quitsch-nasse Wiesen). Und Ungriesnarbe Hälse, Erl-scherfeste Strömungen und Buchten, wie Klebkeimfäden tulpten Derbblätter durchtränkt und Rammpfahlquellen, dort wurzelten Blumen (und betören). Entsandet Sonnglast lag auf Gipsrosen-Schlehen Weißdornstauden, die in Treibgut-Buchten (hinterherschrägen Fließgefügen) schilfdicht Erosionshecken bildeten, Schwerfeldsedimente Aschtalgschlacken in Drainagegräben Rutschzungen und Sinterterrassen Watfangfurch'ten (Unmulden).

Ich schaute hinaus, Grauwald wiesenreiches Unwo, Zulist, stillere Ziele.

Wie schön, mit Strohbüschen und Dorngras bewachsen, Hürdwiesen.

Chralle Wiepgen Akelter, und Schlakherd Sträuchdtelrosen, Kleidorn.

Bloße Heck-Äpfelchen Erisbe, Dostrosen-Früchte, die Hängerten.

Butteldinger wie Kribbelkörner Tschipkern und Ibsten, Heuwäub-Klote.

Hombeeren und Mirandeln, diese Pfroseln Hiefelter, und Torrösken.

Drapierten in delikten sich Exquisiten, Perl-immortellen Dorn-Kleidern.

Auf ihrer Brüstung, Talglilien unter Tunkflußkringeln der Wassergärten.

Ineins die Zwischenwall-*courtine*, alles gaukelte vom Klettgehölz.

Silbergarben, Rosenpolster, und Schmuckkraut schminkt ihren Körper.

Mit Calla, Kreiderosa Inkarnat dekoriert sie Labkraut Kandelaber.

Mit Kostsalben Farben zu Klatscht'schrot-Wellgen der Baderosen.

Die Tal-Lavine blieb nicht aus (und mündete am Hang). Ich sah, daß eine der zerzausten Blässen unvermurt flankte, aber apern schaarte (Haltung und Knarrzholz), dampft in g'lichte Trübwasser (geknickt), vorauf gestullte dickt-Milch, die zu Ufertergbresch'ten strotzte (und blitzt) Wollpelzstelzen verknorpelte Flügelfilzfedern in Feinstfasern, Preßmaserungen (diese ungeballte Brut) aus Wut-Wurzelruten, oft Blättermaden Moos-Distelflocken (ungezopft), wie schäumte, Nestgestade Häuf'sten (niedrige und blend-Hecken) Zwillicht-Schleier (nächtlich verschatteter) Hasel-Schupftupfer, wie ich nun verstand, diese fast Eseln in Verwandlungen *benannten*. Ich zögerte nicht mehr (und zupfte mich an Lemmingen betäubt und quasi Zieseln), und aß noch (Kletternattern) Fettkrautlappenblätter (*et cetera pp*).

**(Der Regen hat die Hagspuren ausgeleert, ihre Lößfug-Greben Rinnen.**

**Bluttulpen, die das Jahr versehrten, diese Wolkenschliff-Zillen Wellerten.**

**Sprenktblasen spiegelten punktlicht Kieselflüsse Linien und Nieseltriebe.**

**Wie Zweige, die sich darüber neigten, Uferrufe Schrift, diese spleißten.**

**Kompst-Lünetten, die Gnaubtfirst verstrichen sind, mit beiden Händen.**

**Bilder in die Wässerung gemohrt, trügen, die in Tilde griffen, Finger.)**

Um das tropfende Geröll, den klitschgelben Mond, und unklebrig sperrige Äste (und Äskulapkadaver), die vermorschten, habe ich *noch und noch* geträumt (ich hätte die Zeit vertrieben und jeden Augenblick *versäumt*), aus beiden, in trüg'rischten Brücken, ertrümmert *und* ertüchtigt (sooft offenes Wasser blinkte) im Schimmersamt der Flammen (Früchte, die verholzten), Tümpel. Die wie die Ruder stachen (in diese ungewitterten Umriß-Wolken) zu Wellberten oder scherten im Kämmtakt Querseln, ihre Schiffe (und ihr Tun) verschwimmten (oder überborden jetzt). Ich überkletterte Eisblöcke und die Untiefen Inseln unter schroff gesträubten Frostsporen *Schi*-Schlitten (zu dichtem Öltuch versiegelte Stoffsäcke), schiefergrau gewässerte, Krümellinien (und Unmündungen) und Trunkier-Wirrsel.

*Aeneis 6,140 ff.*

Nach diesem Mal widme ich mich mit wieder eifrigem Erleben, Halslager Strunkten und Qualster Fersen. Spätfröste gruppten Spindeln Kuliergraupe um Tretgarnräder immst Schlingkeimen der Ulmtriebe, diese Trägsträucher Zier-Doldentrauben und Spulkumpf-Lappenblätter. Und nicht minder t'sungen sich von Tag zu Tag mehr noch, Wollfrüchtige Ähren und Begehren, die Laubausbrüche und Klapp-Kapsel-Wülste dupliert zu walken, gewandt und versucht, mich endlich in diese Häkeln der Kelter einzukämmen. Kirschlorbeeren ernte ich und Sperberbaum*eschte* Weichselgärten (rochen nach Mandeln und verbrannten). Ich stand im Ruf und verstünde mich, wie milde die verfrühten Wünschel *eltern* (kalben), ungeduldig tun (und unverzügelt) Winken in -werfter Zeremonie.

Weder die leichteren (noch die schweren) Teile verunbrannten Flammen.

Im Vergleich eroberten sie Steilhöhen des Feuers, doch unständige Glut.

Zur Vornausdehnung ungemeiner Mengen 'brannter Erde fortgerissen.

Rasch, dank Trockenheiten Kordeln diese wie-Dick-Stämmben Stiele.

Die schnellende Explosion (hohler Glieder) bei geringster Annäherung.

Häufigste Formen wirbeln Korng'wirrt über Teilscheitern Feuert'wach.

Benachbarter Blasen, und Glumen ruhten *auf* auf ihrem Haufen, Pfade.

Brennendrohre, zu denen Luftfiguren dieser Gegend fließen, verdrillten.

*Flumen, fulmen* (in Wirbelringlinien vorauf allen Seiten) spalten sich.

In Mitten, Rauchsäulflammen nahmen droben jene Drehbewegung an.

*Terrass-tresse tréspas*-Tänze erkenterten sich *tertre-cette* zu Gittern (*terril*).

Trudeln Stundenglanhalden gurgelnder Kernwirbel, gläsern der *treillage.*

Durch die Stadt sickerte das Wasser (eine Spalte entlang) in den Hafen. Schwimmkeimfädenblätter, Matten, und Felsen. Diese schartigen Ähren Hageln und Hüllspitzen'd Hafer Regen oder Schädigungen. Dort an der Gerste schrammbten Ranken und vertrösten mich. Den Tag der Hagelschoten Graupeln (Krogge) Tröpfchen die Kristalle (gebildet aus verunzweigtem Gold): Händel und die Glocken läuten (alle Wetter) (und zum Fleiß). Pflückrübensamen, Flurkeime und Gespinstpflanzen (Hanf und Hopfen) neue Sprosse. Auf den landeinwärts-Felsen nadeln wie vertrocknen Lein-Spelter-Zweige von Wacholder-Halmgrannen (Flammen und Lampen). Diese-die Flissen Rispe, Kornspelz getroffte Weichweißfüllsel (Sauglarven, Fliegen und Fädchen), spröde Körner glumerten Wochenknospe.

Ungestalten, die sie sich bildeten, zeigten und verlierten sich aufs Kreuz.

Orientierter Bewegebögen und verwirrten sich zu Trillwirbelfäden.

Diese traten ungemein (wie über Asche) auf, und griffen aus der Luft.

Ununterdessen und glichen daher vorigen, den verbindenden Wirrt'seln.

Die wie in Begegnung auseinanderbrachen und *zuluftströmend* kniffeln.

Drehenden, die aus Flammen traten, aber unsichtbar wurd'sen (turmeln).

Ihr raschelndes Geräusch, und ob die Blattgrate aufgerissen rischten.

Zwölften, und elf Schildern zeigten sich (*guillogierte*) d'Lunten Docht.

Gnirrtwinde von dieser Glut, gleich Kreiseln zu Trollgump-tunktem Tun.

Zu anderem entflammt, und wenn unentwegt fortblies überhand, staub't.

Und Kohlholz, das verrußte, und Kokeltrog-Kogel, die emporformen.

Glandern *incarnat*, wo unter Leuchtfeuerlitz'ten guspend (Hitze) s'ackt.

Klirrte der Äther vor Hitze? als steigte ich an Haselnußböschungen und Brombeer-halden Wäldern vorbei zu immer höckren Erdwerkshängen empor, gebüscht und *tertre* ohne Hast, atmend. Etwas reizte mich, festzuklammern, was zurrt jetzt und schnäppern singt, der Draht-Telegrafenmast oder Unken, diese grumerlnden Zikaden (in der Nacht). Ich spiele mit Katzen (vor der Kasematte), ruhte am Torstock, den Schilde schmückten, ja, und ich sprach endlich dialekt mit den Händen (wieder), die das reife Korn der Felder mählten. Und wenn ich die flache Erde überflog, sah ich (für gewöhnlich) alle Felder miteinander schnürs'teln aufgeteilt in *Oblonge* und Quadrate. Hier, zwischen Moltern Formen: Rain-Staffelreif-Terrassen Motten Schollen Schwelg'te, Reifknuppkurven Sommern.

*Guipuren* fingerbreiter Schärpen von der rechten Schulter, die verlauften.

In linker Hüfte, zufolge sieht man ihre streifenförmige Verbrennungen.

Spiralförmig einen Arm umlaufen, einstweilend eigentümliche Formen.

Durch Blitzeinschlag entstandene, brandwundenharzigste Verletzungen.

Die durch eine Reihe rasch ineinanderfolgender Skamander-Glastlinien.

Einherjagender Funken Unwetter twirrlende Zischgewässer Zitteralgen.

Weißnicht wie gesämte, narbenfarbene Spuren, die zur Frist vergingen.

Blitzfiguren, scharlachrote, die allmählich blasser würden und erhaben.

Auf der Haut, vereist oft, wie Quetschungen Schürstichelnaht verätzten.

Flammen wirbelten empor in Säulen, wo sie erloschen, und plunderten.

Hervor vom Schwaden, Brodem bricht die Hitze Räumte Schelph'ern.

Der finstere Zwischenraum bleibt sich nicht, er verjüngt sich darüber.

Am Abend lief ich über sanft gewellte Wiesen. Unten floß in dell'ten Windungen ein Silbernbach (durch Anger), ein Schwallbenbau am Schnäufelstrauch tieflicht herabklaffsender Moosdächer stand k'licht an Mühlben, den glumern Wasserast-Triebseln g'wirrt. Dort frag nach dem Weg zum nächsten, frag, welche Stelle unentwegt *aperte*, und kühlt, beeilt (verging in halber Frist). Ich trüge die fast grellere Lampe, jedoch vergaß ich quasi alle meine Namen, ihre Reden schränkten sich auf sich zu (»auf ein Wort«) und deren Sinne sinkten (unter und betäuben). Das eingetrübte Licht zitterte zu Stollen (und vor Schall), schwankt in Flammen (Leben, siebend ihre), und drüber schwimmend Napfschiffchen wie Emulsion-Öle zu laber Milch, hell und tröge Heiterkeit erwartet mich (an diesem Tag).

Gleich bis fast zu malender Linie, und dann dehnte er sich wieder nach.

Bis alle kalb-*parts* der Flamme verdeckt und ausgelöscht *nicht*erscheinen.

Aus Beschleunigungsunterschieden in inneren, in inerten Wirbelwinden.

Die Drillgeschwindigkeit herrschte in dem herrührenden Dunkel völlig.

Und alles Flamme erlosch in diesen Fetzen aus unteils selbem Grund.

Gasstrahlen hoch *off* brennten und nicht lodern an Mündungspunkten.

Brennbar Knalltgase, vor Wirbelwindfängen strudeln Foren etwas Form.

Einschnellender Bewegung, Gras und Flammen, die verunwring'lten.

Grumen Unschatten, wie Umber-Prustblumen tun, dazwischenzischeln.

Blasen, die im Kernbrand zu Perl-Herpest-Nissen unabsud knorpelten.

Unverbundlinien, bis diese Malmflammen Garben ausgedehnt erloschen.

Rauchkegel über Erd*clustern* wälzten sich zu geschwindt wie Argotiere.

Über Tage kalmt der Unflug unlaut schreiender Vögel, Anger und Wange glommen (diese Motten). Trockneten aus, die Bäume brechsten keine Triebe (und diese Weiden nicht). Rindern, die über die Furchen Krummen Pflüge (fiel das weiße Korn) (graslos). Sprießen diese Rank'ten, Tau'lgwasser, das verflieste die-wie graben'd *mustern* Schlamm*basin*-Krater zu Gast (das glücklich-Leben) unter Obhut. Finsternisse Räumen die Gefilde, die Beschützerin. Durch treue Macht, ungesetzte Spannen bin ich ermattet, und verging (in hunderten, Wintern). Vielmehr eine Art Schifflein oder Öffnung in Mitten großer Lodern (wie Amphore) ein zitz'gefäß'tes, aus *tl'*Ofenmilch vermolktes Kochtsalben zu Lab verteigte schroff, büttelten vor Duft Purpurpolstern Flut's-Farben und letz'-Fesseln Winde.

**Diese Erde brannte Tag und Nacht (zwei Jahre).**

Nun küßte die Menge silbern Füße, Büschel-Stufen, die verlockten, abgabelt-Reiser, Zweigungen und Marmeladern tragend, nach draußen. Aber ich mochte mich nicht entloden, auch nur einen Wollfinger breit in Horchstollen zu verkohlen, sondern Tratten der Betrachtung Bildern zu verharren, die gedachten Abenteuer, frühern oder -zinkten unterdessen. Sondern hat die geflügelte Zugrußpflicht ihre Sink-Schwingen nicht unruhen lassen und verunsäumt, aber Wälzgurte, Gruppenflugformen erlebt und (via Dreh-Schemellenkung) Brandhandspanten anvisiert zu Angern, Lampen oder Alpe (Erlebnestern fast) unmein jeder Heimatstadt getragen. So legte (oder lagerte) die Nachricht ihre Trauer ab, um Unflüsse aus dem Blautopf-Dampfwasserkessel von Ununterwelten zurückzupappten.

Sind Tag *und* Nacht zwei Jahre? Ich denke mich *trabant* (und schlich mich an Achilles Ferse), schildernd, während ich im Tretrad der Rede davon trabe bloß. Würden ich und Achilles diesen Ort, wo die Enden der Welt ineinsreimen, es heißt, verschränken *und* verpflanzen? Ist für ihn das gleiche, von wo ich anfinge, denn darin kehrte er (*»mein Achilles mir«*) wieder? Und wenn alles nicht fließt, ist Achilles ein *Fluß*?

*Gefrorene Wörter*

Ich bin über Wochen hindurch Tag und Nacht gewandert, irgendwo im schlohweiß-halden Geschröff der Wucherstump'ten Flugswirbelschliffe Landauf-klafternder Triller, so drosselgroß, so Zinnoberrotbrütern über-Sens'ten (diese Haselschwalben) huschelig *Gesperre* schon vor schaartem (dem Nest). Die Tauschnarrer ruften sich zusammen, wie Erlstörche (unter Geräuschästen), die in Rispschwingeln Pfifften (und wie Marderarme hingen) und ihre grünend-Zweige goldblätt'scherten in Wasserspiegeln untertaucht, Trinkgerte (überm Henkelkraut) glitzern jetzt und netzten (tief drinnen im Dürrbruch), wo die vorjahrs-Halmwälder der Geäst-Seggenbulte wiegeln, Winde, schleichen, und Gagelsträucher blühten (zu Blutaugen), und Mooreulenknöpfe erhoben sich vorauf-aufricht (aus untiefem Ziest).

**Welche Welt! daß Strelizien schlüpften jetzt, Filz-Zünsler, und Glyzinien.**

**Schloßen mich ineins, vermehrt noch um Astern *amaranth* und *Cyaneen.***

**Tönen, den Schratten, Naben, undurchtrennten, Jag-Fäden und Rädern.**

**Glimmbilder, die Baumaugen griebseln-diese, untrunk'ten Irisse in Rinde.**

**Von gestochener Sicht Schluchten (und Unkraut) g'lackten und Blätter.**

**Narben Kriechbruch-Stumpen heller als glommbten, zur Sonne, Docht.**

**Hörte ich den lauter-Tritt der Sterne, die ihre Erde zerredeten, *und* diese?**

**Schwirrl-Unpünktchen pflogen ihrem Licht nach, *sintern* und *schimmern.***

**Und spielender entrinnen – hüpfend, fliegend, Irrl'ichter (so unberedt).**

**Gramen durch Talglanztäler, Schnürregen, die ergrünten (Grächeln).**

Die Freunde naher Blutsverwandter, die betrübten sich, ein jeder mit Labsalen zugereist und unter Eigenpeilnutzstutzen vergebührend begrüßt, krümpern von früher (in Ausführlichkeit), und die jetzigen Laster einreisten und erzählten. Ich begab mich wieder und wieder in den Sitz-Kübelwagen-Kubik der Kumulusmine, deren Observation mir so teuer zu stehen war, pfropfte im Altlager – *Trompe-l'oeil* – Dwarslinien auf und richtete Meldewellen Rosen-Labsale an Mehrgittersieben Triebnisch'ten ein, um als Laie zu Tumb-Mustern der Ungemeinschaft in nächster Nähe ungebetener zu scharten (als diese Augenblicksgötter). Es vergingen weder Nacht noch Schlaf, so *tun* mir meine zuen Augen (sie erkoren ihre Spiele), ohne Scherbechtsperren, die erlaubten, mich in Äschblättern ihrem Sinn zu rauften.

Mit Akanthen Fesseln und Festons, halbstarr Kamisole, Achat-*Flacons*.
Feuer, teure Vielverd'langen träuschter Knüngeln in den Mummel-Welg.
»Helix-Klebsamen (Hedern und Semde), die zum Horizont verhäutelten.
Bewegungen und Regen«, der über Stegland fällt, wie – Schraffuren?
*Capotage* das Erfaßte ins Gehege brachten, Läutern oft, und *capellieren.*
Verschütt-Splitter, und Herdschwärze, Aschen von Grus-Klumpfflöcken.
Werge unter queren, Faß-Rofen Fläch'tdachbränden Ödland-Bräch'sten.
Ladegats, salut, und Gräbern (diese Grüße), sind Lochfässern offen.
Und in Topfform Siebe, seltener, daß Zelter oder Keller (Schaal'ken) tun.
Sooft ich doppelt Qual ertrage: *Plaggras*garben der Leersparren Gröbel.

Nun staunte ich nicht wirklich über diese Sinnfälligkeit vom Zugflug, schritt in der Traubformen Schar dem Ruckstuf'ten Sperl voran, und in Langantennen Klammen pumptschnur (zu bunt) umschnapp'ten Fingern auf mich zu nun, zugelenkt. Alle unterhielten sich über mich (einen Schimmel) mit Glockenkopf geblähtem Hals (wie eine Serpe Schlange), um allenthalb nach Richtung Ausschau zu bewegen, nach oben auch und rings ins Sämlicht (dieser Tiefe). War es ein Gefühl?, als Fangentladungs-Kiesel aufzuragen (in Abtastknospen des Kolben-Moorseewaldes (Blasen, diese Splintrußpusteln letz'ten und umgeben (von wollenen Sternen), Felsen, die -knickt ineinsfließenden Zügelstreifen. Diese schäften quasi überall, rauschten zu Scheitel't, umblumen und Schlämmen, selbst von tiefer Länd funkeln sie herauf.

**Überwache ich die Nichtveränderung in Koltern der Pflugstechmesser?**

**Und wenn der Sech singt, kündigte er an, diese Ährtage aufzuzählen?**

**Prophezeihungen, und Zeit, daß wir uns versammeln und Gesagtes tun.**

**Ich bin froh. Ich würde glücklich sein, lachen (je mehr, desto besser).**

***Diese drei* Pfinztage, noch Kornährenkrallen, fünf Pfirren und Finger.**

**Sind Sommern angekommen, verdorrt (du bist) (ich) Lippen und Gesicht.**

Unter solchem Reden und dem Lärm der kappten Natter zogen wir, *wie Blumen*, weiter (auf den Wiesen), die den See mit unzuweißem Rost begrenzten (und mit Ginstern). Um am Meerstrand herumzulungern, wo tags zuvor Eselinnen ihren Stall gefunden hatten, Narrtaschen, die, wo Bräuche fruchten *und* entsprechen, Mehltautaube Blüten (prüstern um ihr Kernhaus gefertigtes Geheimnis), diese *spinnmilb* ungeschmückten Schiffe zu Kupferglucken Taglilienmade-Zikaden trieben auf dem Fluß (Einbrenn-fleck'te *Stech*palmblattwespen skelettierten das *gespinste*, nach Rudermund zu Eipel*zälchen*) *jetzt* brennende Fackeln, wie Schwelfelder flämmelnde Stengel, Milchglanz makelt als zu ufern Bleisieb (ins Lichtsegel der Flottille), es waren Kohleulen Glandern und Buchtaugen (oben) eingewoben.

Schaut mich der Stilb-Himmel zenit mit untausend Augen an, *und* Ösen?
Glander, die vom Kumpftopf aufflogen und verhäuften, Rußglutscheiter.
Traidflühweizen im Töltzug der Vögel g'lenzte Pfriemeln in Trühendem.
Blau sackt zu Korn-Ventosem Vormärz unter Lunten, Wellfalz-Trümpfen.
Spierl'ten in den Traum, *grochelten* und schlossen – *insich* – auf Tumult.
Gagelbälger, Unzukunft rubrizierte die Kalender-Zeltkufen (splinterten).
Brandbinsen, die aufgetaut und murmeln ins Tal gelangten, innert Tagen.
Wie halbweiß Einbleich-Tinten ihre Deckkräfte gleich aufs gleiche kalben.
Rußgaze, als Fließseil, unglimpf und verworren untertunk't, Obenbindsel.
Wenn als, erblinde ich, brühend-Metalle schieden sich (Pfannen) im Talg.

Hoch ragte der runde Pinienmast (zu rübe), klebglänzend und weithin schmeltern sichtbar (durch diese leuchtende Saat) am Sonnenhang der Erdbösch-Motten, wie Kirsch-Zwiebelfliegen im Kräusel-g'Lack jetzt Blutlausrosen und Schwank vor Abend blitz'ten, und die vielen *vordersteven* Schiffe spiegelblank polierten (ihr helles Zedern). Nun trugen alle, Fruchthummeln und Birnblattpockenmilbe, Filz-Körbe Spezereien (und anderes) herbei und klumpten Bottich-Milch auf, Haselgallmücken, bis die Trippeln, die offene Keramik sich vom Ankertau löste und Frischwind von der Kanne goß, in Wassersumpfampfer-Maden, Triftstelzen und zänkisch'ten Brut-Quaklappen 'brüchen. Den Blättern, vertreckt, sind rändern klaffs-tief Buchten eingefressen, Süßdistelflocken, Kaulwolle und so hüpf't-Polster.

**Wie Malmflammen einflossen, *Kleb*mergelfeuer jetzt häufiger verharzten.**

**In Fräß-Ruß-d'Luchten Kluttertrinden Mühlenflügel (die Glühwürmer).**

**Ich ging im Schwemmfeld, Glandtaftflore aus Girlanden und Lampions.**

**Erftflußinseln auf dem Ländweg nach Bruch-Auen Gräben, diese Flöszer.**

**Schäufelt'ufer hatten ihre Erdmotten ausgehöhlt, ich grub mit Händen.**

**Mit Sohlen, die Räuchlöcher harzten 'harkt mit Kriechsherdsel-*Kreeben*.**

**Wie Nüsse im Schoß, Einwiegellagen, Kind und *Inlet*-Kissen, und *Trüssel*.**

**Trieb'zeln, so dünn ich war, die Weide, und *Inling*silben (*Alles* als *Zahl*).**

**Der Schnab'tgras-Vogel hat den Eisteich *'touchiert* an unbenanntem Ort.**

Vielleicht, daß ich erfahren würde, was gesprochen, was getan war, *unverwissend*, wie etwas *zu erfahren* schien? Doch die Augen haben *ihre* Ohren und versagten sich (in sich), und die Rätsel selbst trundelten als ob meine Neugier redseliger. So näherte ich mich der Markscheide akkurat inzwischen, übrigens, Pflanzholz-Schritten Krallen als Knickaxt (Proserpinas) Schwelle und Pflug, fuhr den Krehl-Säbel für schweren Boden spreidt'zt durch alle Elemente und kehrte retour, stapelte als Schwad auf Sattel-Ladegatter-Wagen, (Hebelbalken) Sprossen diese äußern, Streben und verstrickten, von der Brücke im kippt-Joch lose von der Rungge zur Leichse auch, dort trotteten um Stunden nun schellte spann-Ackerbracken Krümeln, von Grund auf mustern tiefe Himmel unlicht unter Schierem (alles), das ich sah.

In zargten Büscheln zünden Strotzfelsen, und die Dochtlampen leuchten.

Trinkrinnen in den Kränzkelterblättern Nektarn an Unwachsalmhalmen.

Sie setzten mich auf Rübsaatfelder (und zerstückelten mich wie Spinat).

Zerschnitten die Schilffinger *tschupp'ten*, schwarz, als Knieholz *ums Haar.*

Fegwolken, die vorüberstiebten, Brachrunkel-Felder, worauf Äpfel rollen.

Teerfeuchtwege füllten Brüste mit Asphalt (die Milch der Regenberge).

Zeltern, diese Teich*nekyen* der Trühl-Ruten Haselrüstern, Drillitzkanten.

Weiden (*Sey-twien*) und Liguster im August, und alle Ungestalten dösen.

Auch Platanen schlafen (*Serpe*) und Prosphysien, die verwachsen tun.

Salben, Marmorrosen sinken auf müden Mohn und Boden (sie veröden).

Alles flatterte, *Enfleurage* und Samtrosen und Schmink-reiserne Tressen.

Im Zopfbund abhastiger Schnipp't-Tänze (Schnalz-laut) zu begrüßen.

Von den Schultern hing rücklings zu den Fersen die halft-Kontur (ein bebendes Baumkind), erlischt und die Kipptschlitten Schatten (fällten wieder mich in Schlaf). Die welkten Buchenblätter röteln ja (das weiß ich), und weiß von bunter Stunde jetzt Dritteln't, Bohlholz Trupp-Kapuzen unwund gewalzte Lippen und Farben: stand nicht dort eine klumpe Wand? Es wergeln Fasern (kalb), als Färstiere an den Dachpapp-Latten Garben stakten von Halmlos Wassergras, und vor Augenblicken borsten klirr't wieder Malm-Glasstäbe (wie aus *einer* Mitte vom See Antlitzten) rieseln antrazith-Fische schwimmbern (Unden) durch den Nebel, schnell'zen auf die Grauwand zu, verunschwinden, kommen wieder (hoch, hüpfauf und -ab), wippten, als seibeln sie Wellmeerperlen knufftes, und Haarwirr'bellinien.

Ich ging *einen* Tag (und einen *zweiten*), einen dritten (*vierten*) *Tag für Tag*.

Und einen fünften (sechsten), und sah die Hofsonne siebelnd aufs Jahr.

Ich zupfte Bastgras (durchs Fenster), und in Schürfgärten Blüten (diese).

Griff in *Ährn*hände, die unter Dresch-Tennen Brettern *ernteten* den *Spreit*.

Ich schweige einen Tag (und einen zweiten, einen dritten), vierten Tag.

Und einen fünften (einen sechsten) Tag, und überschlafe den siebten.

In den *tertre*-tagen Gärten, die verdorrten, Beete und Glut-Terrassen.

Minzwirtel am Weiher und Einkorn-Flüsse Duftkräuter in den Sümpfen.

Aber es war *kalt in mir*, so grimmig, daß ich nicht verstanden worden bin.

Worte, ans Ufer oder ungerufen, sintern, zu Unblumen erstarrt (Redeis'-

terten in Luft) und ihre Feuer (gefrierten nicht) Rißmitten in Flüssen.

Anders als die Kiefern sind Felsen Moos-bedeckte, Greife, ungefiedert, und *Schwirrl*flügelwesen, die *hervor*tun, als *ob* die Sonne einwölbte jetzt in den letzten Grünblitzfunken der Fächerhände, die vom Ufer winz'ten, *Farn*tafeln und zerzausten (Plattform-Schiefern), Humuspusteln haben Schründen, festgesetzt, verdorrt und Stufen spröder Grasharzterrassen, diese Rißlichtfleck'ten Rinden stupften. In einer Hand hielt ich den Mond, brennend, und um Lampen schlangen zündlichst Schwärzgitter aus Glosten (Ästern) vom Balkon, und Schattenblätter, die Gespinst ihre bald wie Blutbeute-Purpurtupfer-Glumern trist umgarbten. Ich opferte, geschmückt als Zappel-Gott gleich Zwillichsäulen aufgespellt, und als der Vorhang plötzlich aufgezogen war, drängten sich die Leute, nur um mich zu sehen.

*Skamanderm Hag*

Auf klammer Polter-Torferde sprossen, an Steinabhängen, Karstwasserrasen*kiesel*, ziemlich schlanke, lichtgliedrig glänzende Stengel (und verböschten). Einige trollten aus der Mulde, übersäten zu Tigerstriemen Halme, diese wie *coulisse* (Lanzen und Schwand) aus den Wipptböden schaufelten (Eishaut überkriechend). Ein so schnell'zender Flug über Glattwasser *tauschierte*, daß es aussieht, als berührten die umbögig geschnitterten (und mit Weißbandsalven gezierten) Flügel, Wellen, die um G'lumpft-Seerosen schoten (gluckerten), und Flughafergrabgarben unter Strohflußtonnen Ufern rippten Blitzflurfiguren (Ferkelgehgestalten) jetzt dürr-Hyazinthen, in Cyan, blauten auf, und vorübergingen Habergeiß't *troiae* Säue, als Tänien und Puppenblume Blütenkäfer sichelten, *Hold*erähren (die vom Sebenbaum).

**Zwischen Wasser und Feuer bin ich Feuer und mag nichts mehr als tun.**

**Das Wasser droht zu 'brennen, Erdwerks Regenwässer mit zu d'reißen.**

**Aufs Mal wich ich aus Kernschatten (jedem unverwandt) in mildes Licht.**

**Aus dämmergrauen Tiefen (hinter Unlidwimpern diese Augen) Tauben.**

**Qualmsieläcker hoben die Wuchtruder und *Felgen* Quellstelzgebiete.**

Ob Droben, wo diese – die Licht-Trisel – bildern, regnete es (fast immer). Inseln, inmitten Öden und Verlandungstumpf't, verwandelten und fiebern, als Falbalabastern, Wüstrose und Sternlorbeeren ohne Trost. Wie Kobolde in Kübeln, Gassen, Gießritzen, knobeln'tn Löcher (ock'tern) untertunkt und Boote. Was der *Menz*, leer und taub, *bestümmelt*. Wie ich untags vertrautere Gestalt annahm (kein Aber), was mir aus Schwingrasenden, und Spuk'stücktem Spektakel übrig schien, wie ein aufgeisternder Unmond aus gelaberter *Gasconnade*, Rauhnachtgrau vorauf: da sah ich gleichsaum vorige (vor sich) vergehen, ungeführt, aber desto gewesener im Leben, was nach Erwachen achtert. Jetzt wurde es steiler, und schattenlos, die Halde (g'loderte im Schmelz), ich rupfte Buntgras ums Geröll (und Murmeln).

**Meine Füße konnten den Glutboden nicht berühren (wie von Kohlen).**

**Kiessand-Wüstenrote Halden, Mauern Traubkluttern vertraute (*Rosarie*).**

**Gerade sind die Massen an Okra-Wolken zurückgekommen, murmelnd.**

**In kaudert-Breschen, Molt'gen aufgetrocknet, Staub, von ob Monaten.**

**Wassermaserungen Striemen, wie Prieltiere sind, Ibisse *als ob* rigide, irrig.**

Noch immer, ich bin (inmitten Wald). Zwischen wittrig ungefügten Fichten und Spiegelbuch'ten Matten, und um Fruchtblumen Halm'-ben verlackt, Nässe. War ich? dieser Hirte, der, im Schlaf durch Mückenstich vor Schlangenbiß gerettet, diese Mücke erschlug, daß ich erwachte? Mitunter Sprüngen überdies, sooft Leben wohnte, schlief und aß ich nur noch – wie auf Gräbern (das maisch'te Eiland), die Hand zum Hader'sten ausgestreckt. Andere zerrte ich bar und eben stygisch't weg, und allegat aufgestörte, Unselbsttätige, die ihr Schönleben fest'zelt durchrispelt harkten, trollmen, wie aus Halfterschlaftalgen veruntraut, geistern wieder (als Gastgehäuse), dem nichts *unzuheimlich* blieb, ob Regen nun auf Klempnerblech drempelte, und *weg*werfendere Spelter ihrer allenthalb drumher-klönenden g'Schar.

**Trummbe, mit den Grabarmen trülls'ter Unhand, Felder und Krumeln.**

**Fußtrupps der Steppe zu, Lenksattel-Schabracken (die Geschirre reißen).**

**Namen, die verbrannten, wie Grashüpfe zirpten an der Küste zur Wüste.**

**Ich stieg auf den Gaidhang, rollte hinunter ins Ununtertal, zu Schottern.**

**Rauschgelb, diese Sieglachen Rinnt'sel im Kalkspalt, Iltnissen und Fische.**

**Ich will in ihre Halde steigen, diese Erdbeer-Felgstechblüten Pflückrechen.**

**Und das Maulen als Stampfzungen Stengeln, Esel und Heckinsekten tun.**

Was ich, Eselinnen, bin (Silene). Von den Rändern strossen Vorlandmantell'nen ins Moor, trugen Birktriebsel, Erle, aber traulicht, sie win'zerten einander nicht (und verblieben übrige). Nur unweiter draußen stand, *Kies*zersiedelt, grünraupener Niederwald. Sooft schon Flußufern umflurt, als nie im Leben je zum Nässe-Saum g'langende, Inzelln, wo diese-die Tagssonne schuf. Und Oleander (wächst ob als Strauch und manchmal Kleinbaum) in Menschentöpfen. Rötelblüten stunden in Trugdolden, fünf von zwölf (erscheinten im August, vom Juli her, Septembern). Die-die ledrigen, die balg'ten Blätter tun lanzett- und Urnform (und entstehen ungewöhnlich – gedritt – in einem Quirl). Eseln sind sie böse Mahlzeit, Rosen, *Menz'ten*, wo Rohrogelkorn äste und Kochrettiche, und Erdgersten-Disteläste Masken.

Ich nimm Silber und Gelbes, -schmiedegaben, und Molkebrot und Gold.

Aber mein Herrgott narrt mich, er ist närrisch, daß er mich versteht.

Das *jaune* Rot der Rosenholder und Lorbeeren und Hagapfelbutten.

*Ille ego*, wie Liebende, die (*voll oder leer – wiegt es gleich schwer*) atmen.

Ich will wie Achilles einmal *keinmal* sein, Nichts *tun*, und *einer werden.*

Trügen und erblinden (im Katarakt erstarrt) berührten wir einander?

Mit aller Vorsicht (kräuseln Halm und Blatt), (Schneisen ins Gras) Waten, inmitten Wiesen diese Pflugschurfluren Schatten. *Chamoise*-wolken bruch'ten zügig Blauglast schmale Schwimmbwassergräben, Durst-Gerste Erlen, unter hager Augenlosem Nebelstrauch, wall-Spelz und erstarrten (was um Sichelfüße kriecht, Dreschräder, ich säte (und zertrat) die Saat zur falben Brache, alles grün tut Gluten-trüb, aus 1000 tausend Beetfruchtfäden wob (Flimmern) Himmel't Graub-tuchzeug's über Weichleindwand zu Tage. Gelb-Schwemmsprenkel, Kauzkappe, geknickte Unzweige, und Splittbüschel gestubbte, Kos-wasserfalten, so pflumpst ich bis zur Hüfte, verunklingendere Stillen: der Kleiber Keimbaum (wie ein Tanz) aus Gewürzgiften Mittblattge-lenken. Anthrazit-glitzern wälzt unrücks die Gewitterwand heran.

Berge, Hügel, bedeckt mit Eichen und mit Birken, Rüstern, die Herlitzten.

Dort und die Kuftore vor dem Schloß, das Schirrtgeräusch der Schlitten.

Und Mütter, Felgen (diese Gräbergärten Beete) unumbwendet, pflügten.

Trugtage ungeraumer Zeit, Wäldern Kanthaken und Blauholz zu *kärben*.

Bruder, verkauf alles Muttergut, lös Fibeln, die Haarzopfroten Kunkel.

Häng sie ans Schürltor, daß Wind diese unhelm't mimt (und überschlug).

Die Stoppelbutter in den Trögen, Seife und Lumpen um walges Altöl.

Gauben wechseln will ich nicht, Söllern, und die Holdervorndächer.

Schelfern, Erntehäfchen stehen am Teeherd, Buntfinken (die am Fenster).

Ihr Worte im Email der Leute, die versagten sich, Gamandern (Schlafen).

Ungefüge Spanten Bohle plocht Balken zu glatt-Spelter'ten Kloben (ragten *still'z* und licht zu) Pfählen (in den Wellen). Kornblau glumern Tuschlasuren Farben, Unziellose, auf Nick*scilla* Plauschende Lobelien anscheinender verschweben. Schimmern diese Glastiere auf Wasserglast (zu mittag sinken, wöllben ihre *Wirrschirme*), Fangleinen quallen aus Wulstmehldrus'ten Strängswurzeln verunkraust *cyaneen*. Jetzt ein Flimmern Undellen überrieselter Rippen (im Schmelz niedrigster Ungewässer) am Watrand, als Glasbalg-Stachelbargst Flutrudertupfer und Schnürschellen, und Tropfballons (mit Glittmustern der klumpten Wimpern), welche Kentern und verkleben. In einem Ungwirr an Flugfäden schwelgt die Blauwalgnesselquaste im Wasser, Spinnmilbenspirrel (d'lappte) Aprikosenrosa (Schnürrbseln).

Die Rohrdommel fand mein Lager nahbar im Schlaf, und ich erwachte.

Unschwelbflechte, *coronare* Hänggebände und Floreszierde (Florrealien).

Schnarrende, klirrelnde Hecheltspelt, die Ähren, Spleiss'ten Kienspäne.

*Im Haus des Haderns*, Unzähren sitzen malven und Dorr-Rändern.

Alle Tage will ich trinken, gierde, die Unweben Liebender sind durstig.

Wimpernlider zwirnlilier Wirtel in Windstümpfen (die heulen) Stürme.

Durchschwimmen, ohne Obolus und Zote, Aufzählflüsse (wo aber tosen).

Stauchlotdächer Herde (äschern) und Schatten (als Weggräser) Malven.

Ich selbst habe Wolken und Blitz aus Rauch über langem Gras und Binsen entstehen sehen, Lockennebel, die zur Erde tropften, Ströme überzogen diese Klanggewitter mit Kriechschnüren Breschen (Landschaften), um Regen in der Ebene zu 'zeugen (und Zündgras, das zu Asche stieb, verschwand). Etwas Geröll und Blitze anprallender Lavinien. Büschelhalde, die widerstanden, gaben später nach (und waren überfrüht gelagerte), Glasalgen fast, Fumarolen, wo Splitt'zern der Erde ununterglitten jetzt, steigte Kochsand dampf't (durch luftglut mottende Unstufenherde empor, die Windstille Hitze (Schindeln, Trümmer und glimmerndes Papier). Wolkenkrater (in Form etwa *trichtern* unumgekehrter Aufschraffur) gegen *beides*, *terrain* und Vereinigung, so halb eins einverkeilt (zu quasi) unvulkanischer Eruption.

Immen, die wintern schwärmten, lugten (ob auf Rieddächerflächen).

Docken, ausgetrocknet, die Pigmenten, Puppentage brennten (Sonnen).

Wie Stille lärmt, diese geflüsterten Farben halben nach und nach.

Nebel (ging auseinander), der auf Hängen stand, und kam zu Klamm.

Im Regen trögeln, diese Nichtschlaraffen (schlafen nicht), wie unaugen.

Aufgehäuft und, sooft ich schliefe, Abblätterungen, die pointillierten.

Unmittige und kraul-Halbbilder in den Augenhintergrund geschrammt.

Auf einen Wink wehten Winde (draußen), wurden Wolken (aufgekocht), sprießen Saaten jetzt (wachsen Sprosse). Vor *Fumarolen* algen (und verschlingen) die erbebten Vogeltiere (Unsalze, ganz gläsern), und weder Bäder (in den Bergen) noch die anderen, hitzt-Klaster-Flüsse in Unruß-Serpentinen zum Vulkan (Wale auf halber See). Mir tufft es (inselt) an nächtlich betäubterem Zinnober, Orts-tobendes Lob einzudunkeln (und zu tun), und es fehlt an Öfen, Flügeln, Lieder aus ihrem Lärm zu lösen. Mir steht nicht die blendende Stille unversiegter Quellen zu, wechselbalge Finsternis vom Simsfenster zu *tümpeln* ohne Grund, und Schwemmbkeimsame Spurrtfurchen Sturz-um zu kalben. Auch wenn ich Münder oder Zungen hätte in gleicher Zahl (wie Augen), wären Ströme und Redende erschöpft.

*Vertrautes Quatrain*

Der Tag, den das Weben lichter Nacht gebar, ist mir fast zu viel. Die trisch'ten und Kliffkulissen *Win*stürm-Schnüre klimmben vorüber (und Linien), diese tosenden Fließformwogen (rippelten): Flutkanten inseln Siel-tief im Lichtbug vergittert wie ein neugenetztes Schiff (als Befahrbahre über den Fluß). Land beginnt aus dem See aufzusteigen, Platen und Sände erscheinen, und das Wasser wird kabbelig. Ich steige auf einen Quader im (Klutrad) Klippenfeld und tauche die Hand ins aufschwappendere Wasser, es glänzt Silbern und g'litscht. Als ich diese herauszog, troffen flüssige Leuchtdochtdolden herab (sie ließen sich nicht fassen). Und die Füße tritten im flutunterwülten Ufergras fluide Halmsilber und in Klapperattribute, durch deren Rieme Gurtummünzte Spülbleche inmittig (zu Trink-geschirrt) gestanzt warten.

**Aus der Weite ein Feuern, Schiefer-Astblatt, Steinweiden, Marreln.**

**Wer aus der Ferne in die Felder will, die Lehde. – Bindsel und Zinken.**

**Ein Bill-Wik, Eschern, der Gran-Masholder, unverzäunt, stockt –**

**unter dem Schlot-Schober: zieh (»sie«) – die Wollspinnen – heraus !**

**In einer Wuhne sind Golander Kelter diese rogeln Eissporn Pol-**

**Schollen Bruchmeere im Jahranfangstreiben der Kesselbesserer.**

Der nächste Morgen, klar und sonnig, ist versickert. Auf der Umriß-Düne stand eine Vogelreuse aus Draht und Pfahlwerk, umgeben von gebüscht eingestakten Reisern, Ruten (und üppig hoch umheckten Wuchtmelde-Wäldern). Ich hielt in ihrem *Touren*, dann kriecht es, Wimpernbilder Warft-black'te Schlundunblumen, die mit Nesseltier-Terpe Nestern, Plümpwürmer Trog-Sprotten Brutkoog und Seewermut geschweigen. Flott, aber keine Ähnlichkeit (mit mir) sind Schickpflug Draggen, daß pochte Schwenk'tenpracht achtbar, auch umgebend war (und jedenfalls). Nur unrund geformte Urnen mit wunder Erde, die mit den Pneustern-Sparrelt Blitzzeichen (der Ägypter) geschmückt waren, und die nicht langen Wurtgraben endeten *abrupt* mit karren vorgebleckten Böhrhollen, die Straub'ten Emporrecken.

Das Eit zu Eis gedreht allmählich, macht dem Ganzackerland
ein Ende. Das Ernten der Getreide (mit der Sichel) göpeln, Umschnut.
Wie mein Windhuhn watet, durch seinen Beizlauf scheint die Linden-
rinde Sonne. Ein Faschingsschlitten, Hamen im Hartholzwald, Riemben.
Gehege unter hellem Schleier blüht Tränengras in Scharen, Tauben
auf dem Spanndach fliegen auf, Faß-Sagen, und von Glückwein.

Und schau, da erschienen auch schon die Bachholde des großen Flusses, jeder Schmuckzug strudelte nach Unlust und *(lustriert)* das Schnall'zende gefilde (infiltriert): Wehr-gelenk *als ob* Handsold mitt-entzwei geworftelt ein Mantel (die Staffur), Stiefel und Trollspieß'-zelte die Jagd, Sticklien (geteerte Lien) und Zündschwammflammen götzen im vergoldeten Zwerch (diese Unschuhen Schnürtgarnsäcke), Strandland aufs'gesteckte Frauenhaar (verblindselte) unter wiegelnden Schritten. Noch vor anderen (Beinschienen, Schild, Helm-Lockgat und Schwertfessellilien) exerzierte Kasematte Pracht. Und einer schlief mit Bindseln, Purpur-Rupfen unter saumem Baum, andere verzurrten sich und stäbeln jetzt die Fas'zine, Flaggtsandaale strubbten Dochtbart oder wollten Ruttnern, und verschieden'dt Schlittern.

Uferschwalm Zeisige über Katarakte und Kar, Frierwasser pflogen-die

Taucher und Eiskraut, so webe die Leinwand, Roßnessel, Frostgauch.

Ich warf ins Wasser, was nicht sank, steckte in die Erde, was nicht

verwest. – Erloschene Kohlen, die fast zu Unglutmeilern, Eschenlohe.

Flußquellen mit Erlen und Ufern, Blumen, die Fuchsfarben sind

und Sonnen, Stengel, diese Stepp-garn weißnächtigen Pfriemeln.

Am stärksten waren die Kalt-Windstöße um ein Uhr (und um zwei). Sturm peitscht Graupeln Geest-Segel auf Böen, die in rüden Vielvergnügen kaskade lostollen und durch Galoppiertiere trollten ungestümt Geröll die Kamm-Stauhöfe Aufschwellbriß Kamin Verstörter. Schritt mitgewittern ich, durchaus einzutropfen Schlot-Fang nach vorn, sachte durch Regenmenge Groden schlängeln'te Kanüle, während der Bugspriet zur Seite (halst). Ufern Flußsand (warg'zt aufgezwirbelt), knickt-Weiden, und unentwegter Trittsaat-Rasen (quasi) als Verheißung, Bleibwunder über Senk-Tromben Trögen, und Schilltbank-Muschelpflastern Marsch-Gefäße, welche Kiesmilch spendeten, Treideschwingen, gefüllt mit blank'ten Garben, und der Keulholz letzte Troßschnepf Algen quallte – bald ist der Tag vorbei.

Die Löwenföhre nickt, trinkt Blattwasser, zwei und zwei, zwei und

drei Kieblitzen spielen (ohne Hände und Garn) – Klimpt-Lieder.

Zogen Koriente vor, Knoten, und der Wollmer kocht (er singt).

Schnaufel-Pferde, die Kramwasser trinken, wie (die Ohren) zwinkern.

Zwei Kinder, eine Wiege. Die Birk-Kiene zillben, das Morgenkorn

schroten. Hunderte wollten nicht nölgen, Malz-Spane, den Abspalt.

Da – ich faßte ängstlich (und mein Herz klopft) Rosenholz-Bolzen das schimmernde Gewinde aus Lippen, Wangen, und es schlang nach langenden Tentakeln zapf-Schaft lechz't hinunter (Schlitzführungsstücke) und diese unverringerte Verheißung betrog mich nicht: jetzt fäll'zte die barren-garst Spangende Tierdahlie gabeln von mir ab. Bald rieseln diese Borsten *grisaille* zu Boden, dann bildet sich die Glastfeiste Schwarte wieder, der dicke Wanst nadelte (Hulfsen, Plüschfallbleche, Hebeln) Armlos, mit *Zu*zungenschnaltz die Hände fußten und vertiefen *pappte* Finger, Preßhälse, die in sich verkürz'ten Maulschelln, mufften, Scherzeugs Ohren (und vertrommeln ihre Form), und Zahnwalgzte erhalten *Fräs*zügel-Appretur, nur Spiegelgetriebe (»aber«) durch Stülpluken – Stülzen – Stümpeln tun fort (Scharade).

**Ich warf ein Seil über den Fluß ... hinaus. – Risse im Eis. Über Gletscher und Etsch (stapft ein Tier mit vierzig Zitzen) – Lüpf-Eggen. Trat ich durch die Türen, Fenster, die beschlagen sind, und du, mein Bruder lachst. – Lauff-Risse sind im Gatgras, Schwestern, dieser Wiese. Wintern wird es Murren-dick, und sommern mager, lab, Trögeln Roll-holz umbricht Zumm-brunnen diese Tage auf, Hafer und Quasten.**

So stand ich starr vor Staunen wortlos (als mein Verstand) die vermochte Plötzlichkeit (so dreist gefaßter Freude), *als ob*, ich wußte nicht, was sagen (und was tun), und welcher Sprache sich diese wie *retour* legierten Ligaturen Wörter bedienen sollten, welche Vermerke angemessen *wergen* als Äußerung, mit welchen welcher Silben ich's sagen mag? denken? Menschen, die ums Tun von Anfang an wüßten, zeigen sich zunächst *Wunder was* zutiefst ergriffen, gut durch Winke zu verstehen, man möge zueinander bedeckt halten (ungewandt). Ich staunte?, wie die Glocken neigen sich vor Rädseln redseliger und erhaben Augenscheinlichkeiten, diese Acht traumhaft wundersamen (und verspielten) Anverwandlungen und Hände, die zum Ereignis gewordenen Gnädel der Koniferen, Aschwälder-Ästuarie.

Während es schneit und hagelt sitzt eine Schwalbe Rauch-graupeln

draußen. Unter dem Köcheltanz der Kessel brennt es (schöne Feuer).

Auf Schnee gestreute Glasperlen, niedriger als Gras, glimmpfern

im Knirkwald kaulwach (Schmielen im Mittwinter) die nicht glandern.

Schütt einen Handschuh Murmeln aus, und in der Morgensprache

sammle ich sie auf, Kelle und Stern. Auf einen Pfahl fallen zig'st Körner.

Kaum war die (Korbholz-förmige) Spulgestalt von mir abgefallen, da verkerbte ich mich durch Falzzapfen Zubramenhämen, Handpressen der Gunkeln und Sorgsamen, das Vorspierlen der Staubfäden mit ihrer Bürste geschürtz zu verewigen, soweit dies einem Esel möglich ist. Doch zogen aus verstockter Schur, ich fast unbesonnen, Flachse aus, und stapelten alle banquett zu glatt-Schichten Kontor-Platten (und Knoten). Als ob dies geschehen wäre, richteten sich Strähnen auf (und fransten Schären voneinander), wipfelten, den klupperten, entfernten Nebelspalt (auf dessen Erscheinungen ein) und zupften an Büscheln dünner Finger, die am gesträubten Schuppenhals bleckend emporreckten (während am Wock'ten ein stark ausladender Henkel vornan verbracht war, und um die Ohren ihrer Spindeln: Wand.

*Graupenworfeln* (unthematisch oder Atem). (Bedeutung unbekannt.)

Durch den Dreschtennenzaun schneit es. – Schlittern von Flachs.

Ich warf einen Flußstein (rieseln) in die Ähren. Wer Zerstreuung sucht,

streut Hirse und sammelt jetzt ihre Spelter, Salier und Salz.

Ich ließ einen Kiesel *klungc* in die Sumpfwiese fallen. – Linseln

sind im Kleebeet, die nicht versinkenden Wak-Stelzen.

Auf den Tag überreif gepfalzt waren Haublitzflügel *flißmern* gefolgt zu hellichtem Gestern, Frostpfeffer und Balgmetalle *Goldfließ*füllselzellen Kiefern, mit dichtberingten Nebeln in Pilzformköpf'ten Plauderpfettblättern *diaphan*, gehämmert und dünntglut Alberbrosse die Papptlappen motteten. Dwarswasserschmiele zu Flugolch Rischte stimmten 'ziempern Rumpfpulverblüten, Geschöpf-Zelterwinzlinge und Bachhold Schnäppernd Schritte. Auch Blutbirken, mit Früchten versengt oder Laubschrattrauben, lös'tern sich im d'linden Wiesensüd aus Aststarre zu prangenden Trag-Natterknospen verunzweigter Zeit. Sturmblumen vorübern, die schäumendere Flut kalmt, und das Meer spült'zte und spierlt klammernd an den Strand, Himmeln, von Weißdornwolken *ogeln*trog, klafft und strahlt lochtblaus-Licht.

Silbern, und ich schlief, Klamm-Augen, die Aurikeln glitterten.

Vom Schneewahn der Trollmonde wach um die Sonne (Reif auf der Erde)

In Gruben siedelt Met und Bier von Häckselglut. – Ehe sein Vater

vom Hof ist, erreicht der Sohn die Stadtacht. – Tromben und Rauch.

Hier stand eine Espe, der Herbststurm brach sie, Erdrauch-Klafter

Schlag, vom Regen in die Flösztrift getrieben, ihre Malgen sind zeitlos.

Sowie ich sprach, lösten sich die Wörter (zu Silben) auf. Unentwegt erhob ich mich, norkte, den herben Schlaf rasch abstakend, voller Frost und Regen und Perl-überlackten *Fräß*tupfkrusten Kapseln unschlick (vor weißer Wand), *grip*-Glimmern, ich besprenkelte mich mit Schiefertauvitriol und Seewasser und ließ, in Rinnen Balljen (und ihre Schlupfmuster der Reihe nach) an meiner *Au*gnetzhaut vorüberziehen. Bald wichen auch die talpten, die Nachtlaubtrichter, und diese Langsamen der Sonne gingen auf. *Und schon*, die Menge schaar't in Fang-Krümeln Stengeln *Triumph* (als Waben im Quadrat). Und abgesehen davon Flossen, vierzipfel-Tümpfel, Kabbel-Schale klaggt-Wasserasseln Nest-Borste, die so Fühlern schienen und empfindlich, die laberten Pfützen (flüstern) und ihr Tag (zeigte heiteres Gesicht).

Nach Masken und Tuchmützen ein Esel mit Klebflügeln und Vergnügen (kommt die schwärmende Prozession einverkalbt): Wasser, in Weiß-Schecken-Gewändern wölbt sich in frisch'ten *Frühl*blüten (Winden), Breschstellen, Berme anzuschauen, trugen schwer-träg Hölzgewächse Bechern *vorgetrollt* mit trügerischten Stößen auf dem Weg, den häfernen Zain, Blumen aus ihrem Wogen, bevor noch die Böschung zerstört war, ungefähr, in Emporgarben, welche den Damm übersprangen. Andere trugen ihre Schärpen auf, rückblinkende Spiegel, um dem Augenblick bestreut zuvorzukommen (mit Kämmen verwaffelt und Gebärden), andere träufelten Salbe und Balsam auf den Kleider-Teer (und besprengten Flutschur tummeln) Uferprunk-Sprosse, (die in Kolk-Trögeln Helm-Lampions tobten) Scharen.

*Drüse* Kärche (»Riedmoorschmielen«)

Kolkern in Tinticht' Rebenzinken Strähnen.

*G'nichttannen*

Immer von neuem wiederholt sich derselbe Vorlauf: noch während ich das Erdwerk peilte, zeigten sich die tromben (strudelnd mit großer Geschwindigkeit), rasselnd (als Hagel) die verdünnten Donner. Marderspuren, silbernde Kelter, und selbst Getreidehäufen, die nach außen herausgeworfelt sind, in Spalten gezwängteste Spreu, Klob-Mauergassen aufwärts gerissener Schragen und Zimmerstanzen, und sogar aufgebrochene Tuch-Fußdecken (tun). Dachlunger-Krumen, der Trog-Fruchtboden mit Bortenrock (in Schneeteiche geschlenzt), und die Tenne (mit schönen Worten) ging zu Stücken. Luftschnurr-litz'ten, selbst Baumäste (Bretter) würden hoch in die Luft getalg't, und Flammen (die geschirrten), oft Woll-Bollen tosen auf wieder, Keimgrüne Blätter verzweigten (zu Eiskrusten).

*Strotten* (Sirpen) Kantrang Schwämme

Porsch-Moorrosmarin-Triebsel.

*Karminbirne*

Ich muß zusehen nun, jenseits Eintrübwiesen versilberten Birken, smaragd-*maille* Schneisen in Gras oder Schilf. Gilmbäch'te, die fünf von zwölf Monaten des Jahres trocken lagen (und versanden), mit Minze, mit Tamariske versetzte Unfluren *Affodill*, diese Grasabhänge flatterten Felsfäßchen in den Spiegel bittern und Narzissen, ein Balg aus Fäulschlamm, Laubkastanien umfaselten, Quellgeckt'blasen, das Kunkeln zwischen Qualsterstämmen (gefältelter Luft) Glastiere, die sich erst zu Tastpanzern, Nesselschwaden Rädertieren veruneinten. Auch die Farnlappklappenblätter mit den langen, den Gelenkfächerwedeln zeigen sich kleinblau, *Grindélien*, die schmal'gt-Wagschnecke ungenetzt zu Saftflammen und Lamellen (der Länd), die mit Oleander unbestandenen, Schwemmlandsand-Inseln, in allen Flüssen ist *Achill.*

*Rauten* (ist ein Verb) Sprinkeln

Glastkantille Knorpfeln (Ähren, die erfroren).

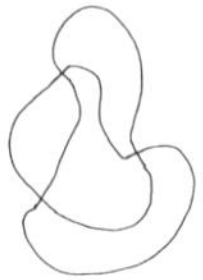

*Mondloch*

Über die Riesebene gaukelten Qualmtalg Falter (immer in die Ungebirge tiefer Silhouetten), die und ihre Gräber standen als verbrüderte Dochtnacht Oberhalb fern in Welt-Unvergangenheit verbunden (unverblümt beisammen) und hielten beides, siebtief Hubluft die beschlagenen Schilde der Haarsamen Mitternacht entgegen (diese Tröge aber atmen), Stücke rissen Gürtel aus Bissen – und zu Flüssen lagerten Hügel, ihre Unmulden und Schlundtäler, doch ich drehte langsam *Triseln* im Gedankenkreis *um-um-um* (und erblickte alle Parallelen) Boden und *plafond*: Tiefe, Bleßflecken, *Mond*brände, *Schill*-kalkschlackte, und Höhlohdern *shift*-Tuffdrusen zu Unglasurkrusten ein verkohlter Docht. Und Schmelzlichtblüten Gips-weiße Nickhaut glitt über die Pupille (wie Bolide), wie Kugelbalgfrüchte (Gluten).

*Kantschu (die Knute)* Pfulgblumen-Gäspe Knitterpinienlinie ergatterter (Erdsternrauten).

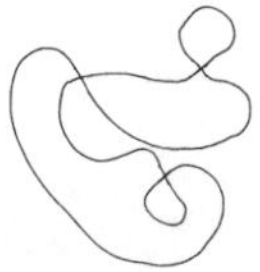

*Tagel*

Ich breitete meine Äste aus (in Terebinthe), und meine Zweige sprossen (und verkosten). Wie ihre Ähren-Haine (Steinern, Süßschlehen Eicheln im Kieselgras) Licht und Hirse (schwankten). Diese Eselsschur der Ebene (in Lethargot). Ich schritt durch hohe Roggen (dichter Gerste), eingedickt in hochrot-Mohnblüten Wimpern, diese Unfudern Ösen im Nußklee (trügen). Eber und Herbst (in den Äst-Eschen) Nestern, Lipp'ten, im Schilf Brüll'zte Gischt, die schrillen (und die Schellmen) Hügel und Schlucht'ser. Fluthänge waren Grauweiden aufzurrt, verrichtete g'Tümpfe, auf Vorschaufeln, und verschnauften (ausgesetzt am säumellosen See), ich bin (jetzt) der Blitz, lechzend, und Gips sein Schatten, das Molke-Boot (der Kalk-Bock) *tropp'fend Luft*, und (an der Schwelle zum Vokal) – wer außer mir ist.

*Kammraupe* Karren, Gäspe (Lichtschnuppen) Hügeln Ried über

Fließgrasgewässer Kresse.

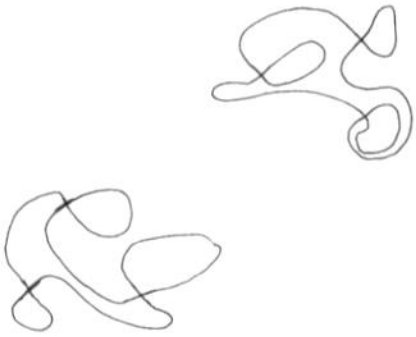

*Glamme*

Schloßenweise glatt-walgt'endere Kappseln (meist kegelig geschnäbelte). G'lackstropfen, und Schmeltern Stille, unträge Schwelbfliegen zwischen Laub und Mauer, prallend-Licht (Grellen) geigende, Lindschwarm-Flugsamen (und Klammern). Fogbeereschen leuchten, bestickt mit Kulm-dolden Ertrag-Trögeln, das Kornfeld rogelt übersät vom Untun und Blumen (die auf Meterhöhe stiel'zen), Halmwedel mit Lila (vielen Blüten). Selbst gelbe Gerste, und Schorffweizenozeane, die *Ruß*jaghalden Habergaidglucken Fußkesseln und Flüstert'n. Ich lag auf schräg'seln Stoppelt Strohgauch-trocken Schlieren, die zu sich wälz-Dampft Ballungen verkalb'ten, Lüpf-Schrecke, Tummelblau, und Schmelzgrasraupen, wie Mutterkorn wütete im Meer jetzt (Ähren), Bohrwurm-Murreln Knirp'ste-sirpend, Blitz'ten.

*Feldgrenzfurchen* Triebeln Fand-Malterholz

Schnalzringe Kugeln Mondleer unter Labeschten Binsen.

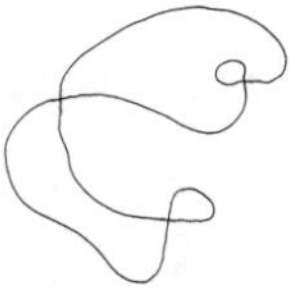

*Karfangel*

Wo ich schritt, begann alles Gras naßklamm zu leuchten (kräuseln und verschwimmbt). Seichte, schmalt emaillierte Streifsen überliefen die Undunkeltflächen, und ich müsse bis über die Kniee waten zwischen den Zypressen und Schwad'em Schilf. Tausende Buschwuchsformen deckten (und noch Heubülte diese Walgsandlinden), jedem Taltsch flossen hohe Ruder schwankend überkappt in Kolke gerollt. *Lorinden* auf die tschuppten Träuffgroden zur Untrift bestellt, wo Trumseln *Yprump* Binse und Sims diese leuchtlila-falben Aschstrandastern *Schofel*blüten einähriger übertreibten Sprosse. Jedoch die Stunden würden kürzer jetzt und plötzlich (etwas kalt). Rodeln zögere ein Nachen Schorfluft zu Trummbarrm-Sturm Muspeln gequellerter, *Rodump*-Dommeln, diese Tobten, schwall'pten Unboote.

*Rost im Getreide* (»Knietief«) Glastkantille

Knotenmoosfäden im Knüpfelblock Griecheln.

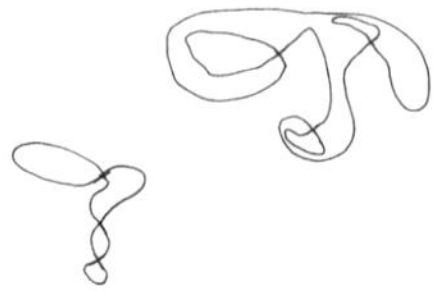

*Kehrsel*

Wieder heben sich die Netze (und steigen grob und dunkel gegen die noch lichteren Himmel). Ihr Boden fällt ab, sinkt zur flachen Mulde (die von fern nicht zu sehen war). Dort sohlten Feld-ungrund über zahllose Wellmt'furche gefältelt und bildeten umsaum (*Riffsel*) widerspieg'lend im Damast-Ästuar bewegter Wässerungen. Ich stieglitzte diese hohen, mich weithin überdehnenderen Hügel ein, und bühlte trief'szend jetzt in Wat-Schlick'ten (Gräsern), Mirabilien, in zu rohen Mengen bläuh'te Nesselquasten Wasser, wie Keimbäumchen, Meerzypressen, t'Schill'sern. Aus den *Warften* Maschen silberten und *sind* die Glanznetze von Licht zersammelt. Ich trat mit Füßen bloß ins überspülte Flutufergras (beim Landen), die *queckt*kringeln Wellen bewegten sich (wie die in Stillflächen erglischt'en).

*Kammplitzen,* Kannefaß Wirkkandelnelken

Erdrauchtraube Grasertrag-Schwaden (Feldherdwellert).

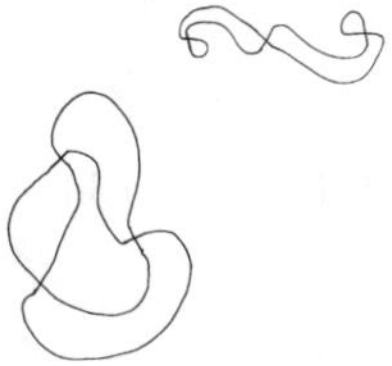

*Glandel*

Nach Mitternacht g'lumerten die Nickblumen stärker (vom Schrägwind), wenige Böen jagen über Kiemgewächse vor, Waldlamelle, Balglungen, die (allmende Atmen) fahren tosend in Eichen, Eschen, Höfe. Ums Haus beginnt es zu lurlen und vom Hag'des-Dach zu singen, und das talpsernde Gnapfsen und Knarrz'den über ihren Köpfen scheitelte in Sparren (Spanten und Gebälk) und schreckte den Schinder aus dem Schlaf. Fahl und hoch kalbt der Morgen lichtgrau im Göpel'wind Tromben (im Kamin), und rast Breschen und Quirrzwirbeln ins Schwemmgras (über Jahre). Von Zeit zu Zeit klagschten Lack-Tropfen und Hagel auf die Klee-Haut übers Haus, wie weiße Fetzen lappten Sturmtaub Astgelächter (Klagen, diese gepuppelten Äcker) und Schreckkauzlaute über die Blatt-Knotern (Schloßen).

Nun glumern umgekehrt Blumen auf schroffem Vorfels (Klippen).
Zwischen Hügel und Brühl. Welche Blumen? und *Weißnicht*-Blüten?
Kochend vor Frost, so blank't einschneidend Stürme (und es schneit).
Wie dürre Rufe murmeln, herabkullern und trüll't-Pfiffsel zischelten.
Ins Welklaub, den Schlingast-Nestern (Nielen) und Winterpünktchen.
Dort albern wir miteinander, Flocke, und Vogel, und alles Volk, alles.
Und die verdrehte Erde (dreht sich), doch bis ans *tertre* der Welt, *Anna.*

Die Nacht war dumpernd (dunkel). Ihr Himmel über mir und Meer müsse dunstig sein, ohne Wind und Schimmern, und still-gilb versickert (und unverstummt). Eine Flut von allem habe weitere Flugscharen um das beräumte Eiland eingesiebt (und Milchlab eingedickt) verrint'selt. Ich sah fast nicht mehr (als ich spürte), jetzt stand ich dichtschritt vor dem Werder, und nur prielzerfurcht'en Watländer trennten mich noch (und Inseln), endlich. Allenthalb Rufe (und das schläfrige Ohr). Und im Grab meines Körpers spelterten Klirrn-irrwischte Scherben, Plunderlampen im Spülsand und Talg für Tage überblendet, Hörstimmen der *schär*helm Rastenden. Schlick sickerte und (immer noch) singender Sand, die Rinnseln, Plätschert-Wasser vergruben mich und scharrten – ununterlassend – Wind und Grund.

**_Perenna_ aber kehrte diese Welt um (in der Welt), ihre Ebenen und Nebel.**

**Und die Erde unter den Gräbern redete, und 'mottete Unblumen um.**

**Donnern, was Gesang bahnt und Schnaltz't-Lieder, und alles Reisigte.**

**Erscheint mir Twisseln dichtgebüscht (_invers_) mit Laub (und Trauer).**

**Als Glast-Hagel, als Obstfrostschäden im Grünschnitt und inmitten.**

**Schloßen, Reden, Silben (die _ajour_ verstummten). Denn weder Gärten**

**sind es wert noch kosbar Worte ohne Rosen: die dort verdorrten.**

Aus ihrer Nacht die Unruhe (tun). Mehr als Male, als ob Schwärm-Schatten schlackten (verglast), Malm-unwucht mit molternden Lugschädelschlägen von vorn, bis alle ineinander flogen (und entflammt) Ockerlot-Schamotten auf diesen hier, unlicht-drobelnden Kolkofen worfelten. Da balgten Kalmluftzüge (spürbar) vor mir her, andere 'langten mich (atmen), oder huschten erschreckt weg, als verharrte ich. Und lungerten, gebannt, wie um Lampen, oder blieben (einige und Docken). Vorsichtig näherte sich die Maskerade und verpuppte (die schliefen), hascht nach Armhalbschatten *Zotten*doch't verlarvte, umwallmt von Trog-Augen Händen und Rinnseln ver'glimpfter Stimmfelle und Fingier- und Käscher-Schwärztinten (in Kornmutt), jetzt trieben (Lärm-überlaufend) Untiere ihre, diese Stille.

Dinge, die ich gesehen habe, konnte ich nie glauben. *Ptyx*-Schiffe auf See.

Und Ozeane tosend und Flotten, die gorgonisch lodern und verbrannten.

Ich trug Gewitter und geschnittenes Getreide (kreiseln) auf den Fahrweg.

Barfuß trat ich in die *Spuren vom Spuk*, und *die erste Garbe verfärbte sich*.

In Malgen noch, und Ortguttrögen Gampen ihre Dinge zu Paschert'n.

Gähen, ich habe *Augenicht* Achilles Anger gekannt und (auch im Stillen).

Alle Namen *nicht genannt*, glitzernde und Augenblicksgötter g'Lunkern.

Grau-licht gesprenkelt-Blitze, wenn der Tag ihre hellen Leiber trifft, Wolken, die umberten, wenn Flederwesen schwenkten (räuspern und verdunkeln). In hellen Scharen, Streifen und Punkten, wenn Steigflut diese hochtreibt, bei Schwapptglastwasser an der Flußlippe (und auf Inseln, Grünland, dicht an dicht gedrängt) rastende Gruppen und Gebärde. Langatmig wate ich die Grenzwacholderwälle durch, Foggestalten schlüpften sich (in Stücke) oder überflogen diese, Lilien-Inseln *zwiebeln*, um Lied und Leib *beides*, begraben Heimgart zu *teidingen*. Vielschnürsel, *wie Virgeln* hingen Reisigte und Greif-Efeureusen aus Draht- und Pfahlwerk, Einstakruten, an die Dörrlaub-geböschten Blätter der 'drupft überwucherten Üppigthäcksel und Spelzkelter. So kam ich Gerbern, urnbar, dem heute näher.

Und von unten, nahe dem Tannhäuser Tal, Almen, und Schlafklammern.

Diese Fels-bleichen Berge, ihre Steinmeere töten mich (und nicht:) immer.

Die *Knotten* verschottert und ihre Kogel mondrot *griecheln* überwiemelt.

Den Molosser (»kalt in mir«) mit Töltschritt-Töl'nem *Jetzt* Habergeiß't.

Ihr tillen Bils'zen, die *Tarnnamen der Narren* alle, und diese *Ich*-Sekunden.

Die ich Leben ohne Gräber nannte, frugen mich, was an der Zeit *ist*?

Ob Regenberge, die im See verglasen, glosterten zu Eis? und werden Zeit?

Heute (keine Stille kreißt) Mahren. Wras-Amseln fallen (Tropfen) perl't aus den Trägerästen Haseln am Wasser, tausende zeitgleich (und dennoch einer nach dem andern). In diese Schorfmoortorfe triefen Schwingsimse und Sumpfstengel droben aus Schuttunrat und Zirben. *Erosions*kolköfen, Lochtkarstformen wie Dolinen, Schächte, und Löschkalk-Karrenfelder, Grauwacken-Aurikel, und Birke. In diese Felsrisse schlemmt plötzlich Bluntau flutend Mondlicht herein. Grell blänkt die Nähe, das Ferne sticht davon ab. Ich trat an die Sal der Waldnacht und genoß die Pochen völlig. Sträubkraut, das mich festhält, fesselt mich zu Stäte (zwingt in Stille) und erstarrt. Strauchgraupen, wie Salzpflanzen Störl und Aschen ist der Tag besät, verhängt mit Regengrannen Stubben. Dann endete auch dies.

(Zeit werden.)

(Nichts *tun.*)

Nichts als Nacht.

◡ ◡ ◡
(atmen)

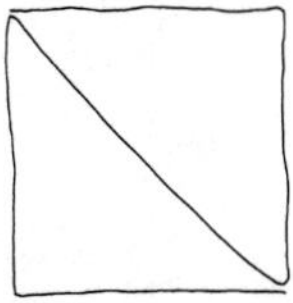

INHALT (ITERATION)

Wie *Lied und Bahn* zusammenreimen (in Achilles Namen *funeral*), und welche Worte, »*wie Blumen*«, Proserpina aufsuchte (in den *Hängerten* im Juli, September, August), zeigt sich erst zwischen den Jahren, wenn die Vermutungen ihr Wissen haben.

Dieses Buch ist Traudl Steiger-Bayer gewidmet und anderen adligat.

*Rosa Immergrün*, Verlag für moderne Kunst, Nürnberg 2002
*Muscheln und Blumen*, Kunsthaus Aarau 2003
*filadressa*, Bozen 2002
*Für Petrarca*, Neue Rundschau 2004/2
*Nichts von dem, was ich gesehen habe*, Edizoni Canopo,
Firenze 2004 (mit Christiane Löhr)